Fleur de laine

Vincent Pithon

Fleur de laine

Roman

© 2023 Vincent Pithon

Édition : BoD – Books on Demand, info@bod.fr
Impression : BoD – Books on Demand, In de Tarpen 42,
Norderstedt (Allemagne)

Impression à la demande

ISBN : 978-2-3224-8359-4
Dépôt légal : Juin 2023

« *Qu'est le ruisseau, sinon le site gracieux où nous avons vu son eau s'enfuir sous l'ombre des trembles, où nous avons vu se balancer ses herbes serpentines et frémir les joncs de ses îlots ? La berge fleurie où nous aimions à nous étendre au soleil en rêvant de liberté, le sentier sinueux qui borde le flot et que nous suivions à pas lents en regardant le fil de l'eau, l'angle du rocher d'où la masse unie plonge en cascade et se brise en écume, la source bouillonnante, voilà ce qui dans notre souvenir est le ruisseau presque tout entier. Le reste se perd dans une brume indistincte.* »

Elisée Reclus — Histoire d'un ruisseau — J. Hetzel, 1869.

Pour Martin,
d'une marche naît l'idée,

Les Fonts de Saint-Bauzile

Le fier causse de Sauveterre se répand entre le Tarn, au sud et le Lot, au nord. L'automne est là. Déjà, les températures fraîchissent. La steppe frissonne. Les herbes sèches se dressent dans le vent. Les chardons se recroquevillent. Ici, la carline à feuilles d'acanthe devient Cardabelle. Les rochers sortent de terre. Des cailloux entassés ou errants sur la plaine dessinent des lignes brisées infiniment morcelées. Les pâturages dénudés délaissent les moutons. Le rude causse s'apprête à passer l'hiver. Depuis son pourtour nord, il se moque gentiment de son cousin, le modeste causse de Mende. Il est protégé par sa chevelure serrée de conifères. Il abrite quelques dolines fertiles près de hameaux perdus.

Entre les deux causses et au fond d'une vallée profonde se love le Bramont. Une petite rivière généreuse et imprévisible née sur les pentes du mont Lozère qui traverse crânement la plaine du Valdonnez. Elle doit accompagner son frère, le Lot. Ils ont un long chemin à faire. Ils ont rendez-vous avec la Garonne. Pour rejoindre le Lot, elle prend son temps. Elle embarque au passage de nombreux cousins. Non loin du lieu de la confluence, la rivière hésite et ondule. Ses méandres s'enfoncent dans un défilé plus étroit. Sur les hauteurs, un félin de pierre veille. Le lion paisible, mais fort comme un roc, défend la passe pour l'éternité. Accroché au bas de la pente boisée, au détour d'une des circonvolutions de la rivière, ce gardien taciturne observe la scène.

Silencieux et discret, il dévisage avec méfiance le cours d'eau.

Le village des Fonts rassemble ses maisons les unes contre les autres de part et d'autre d'une ruelle abrupte. Au sommet de sa montagne, le lion surveille le hameau. Comme le berger du causse qui, avec l'aide de son chien, rassemble ses moutons autour de lui. Les robustes demeures proposent des murs épais montés de calcaire et de moellons. Les toits de lauzes à longs pans créent une carapace indestructible contre la rigueur du climat lozérien. Le pont qui enjambe d'un bond la rivière est l'unique lien vers l'extérieur. Formé avec de belles pierres de taille, il arcboute une jolie voûte en anse de panier au-dessus du Bramont.

Le village s'accroche à l'abrupte falaise. Il n'y a qu'une seule rue qui le traverse. Elle se termine par une large piste forestière qui monte, serpente et disparaît dans les arbres. Les pins sylvestres dominent. Ce sont eux aussi les gardiens de la vallée. Quelques chênes osent quand même s'imposer aux maîtres des lieux. En toute saison, une douce odeur de bois et résine caresse les narines du promeneur. Derrière le village, un ruisseau descend de la montagne. Il sort de la roche par une brèche béante et profonde au pied de laquelle s'amoncèlent d'impressionnants blocs de pierre. Une bouche ouverte avec une langue rugueuse dans un repli de la paroi d'où s'échappe un filet d'eau qui traverse le hameau avant de rejoindre la rivière.

C'est l'automne et le soleil ne s'attarde plus ici. Il ne passe que quelques heures au-dessus du village.

L'air glacial s'engouffre partout et se colle aux maisons. La pierre se teinte de la couleur du froid. Il vient de pleuvoir. Les nuages noirs et menaçants s'éloignent et traînent avec eux de longs écheveaux de brume. Le pont étroit est trempé. Il s'égoutte comme les frênes et les peupliers en contrebas de l'ouvrage. En face, les aunes et les saules en font autant. Des champs montent une odeur de frais et de terre humide. Il n'a pas plu assez pour que la rivière se charge de boue et s'habille d'ocre et de marron. Le doux bruit du torrent se mêle au son des gouttes d'eau qui tombent. La musique se renouvelle sans cesse et propose des timbres limpides et chantant. Apaisant. Le son est tout juste entrecoupé des sauts dansants de quelques truites. Dans le ciel encore gris, une alouette lulu dessine de grandes spirales. Elle bat lentement des ailes tout en entonnant un sifflement mélancolique.

Depuis le pont, un petit ruisseau suit la route qui pénètre dans le village. Un solide parapet en pierres supporte une dernière rangée de blocs arrondis posés verticalement. La belle maison est posée à l'entrée du bourg. Elle montre d'abord une imposante façade juste percée d'une fenêtre. D'un côté, une longue muraille la prolonge. La proue d'un navire émergeant du brouillard. De l'autre côté, une large porte arquée, surmontée de deux petites ouvertures, habille l'extérieur. Les battants de chênes sont usés. Ils sont grignotés à leur base par le temps qui fuit et laissent entrevoir le dallage du passage couvert qu'ils protègent.

Les bâtiments de la ferme sont formés de plusieurs constructions enchevêtrées. Au-dessus du corridor, un long corps de logis avec une entrée centrale et deux fenêtres de part et d'autre. Deux ouvertures agrandies. L'accès se fait par l'extérieure grâce à un bel escalier de pierre habillé d'une solide rambarde de fer. Il mène à un vaste perron. Accolé à ce premier édifice, une demeure massive, haute et rectangulaire, percée de six petites croisées. Elle se détache nettement et ressemble à une tour. Deux marches, sur le flanc droit, permettent d'atteindre une ouverture étroite en bois massif. Sur le côté gauche se trouve une autre porte fermière plus large. Perpendiculairement, une seconde construction s'avance dans la cour et se termine par une grange. Elle devait se prolonger pour former une enceinte fermée. Dans l'enclos subsistent des traces visibles d'un vieux dallage. Cet enchevêtrement de bâtiments forme une forteresse redoutable aux hivers glacials.

Anton

Un vent glacial souffle sur le causse. Il aperçoit les maisons du hameau du Falisson. Il ajuste sa lourde cape de laine et hâte le pas. Il frappe fort le sol avec son bâton et son fidèle compagnon se précipite à ses côtés en bougeant sa tête dans tous les sens et en remuant la queue. Anton s'arrête un instant et se baisse un peu. Il laisse son chien lui lécher la main. Il lui donne quelques caresses et se redresse. Il remonte son écharpe sur son nez et reprend sa marche. Il doit se rendre au village. Il y a trois jours, il croise le facteur sur la petite route, non loin de la Devez des Cheyrouses. Il redescend par le col de Montmirat après sa tournée sur le plateau. « La famille t'attend au Fonts ! » lui dit-il. Anton presse le pas. Le chien, Mounpy, reste à ses côtés. Il n'aime pas laisser les moutons seuls à la bergerie du causse. Elle est située à proximité du Freycinel. Anton ne quitte jamais sa capeline, sa musette de cuir, son animal et son bâton. Un accessoire d'un bon diamètre qu'il taille lui-même dans une branche de châtaignier. Il passe de longues heures d'hiver à en recourber l'une des extrémités. Très utile pour attraper la pâte d'une brebis. Avec le clan Chomazels, son chien est sa seule famille.

Bien que petit, il est d'une efficacité redoutable avec les moutons. Depuis plusieurs années maintenant, sa mère demeure à la maison d'en bas pour s'occuper des vaches et des chèvres. Personne, à la ferme, ne sait plus de quelle origine ils sont. Lui a le museau blanc et le reste de son poitrail est, en période normale, brun et jaune. Avec le mauvais temps des derniers jours, son pelage est collé et il est couvert de boue séchée. Il est court sur pattes, mais très rapide. Des poils lui masquent un peu les yeux, mais il a un regard affûté en face du troupeau. Il aime se positionner sur un bloc de pierre et s'asseoir sur ses pattes arrière. Le museau levé, il veille. Il aboie peu, mais prévient son maître dès lors qu'un danger survient. Il est sur ses gardes dès qu'il passe des inconnus. Il porte une attention particulière à un vieux bélier. Les deux animaux restent à bonne distance l'un de l'autre, mais parfois ils s'affrontent jusqu'à ce qu'Anton joue du bâton et les séparent. Chacun reprend alors sa place, le bouc à l'écart, toujours menaçant et Mounpy dans les pas du berger.

Anton souffrait avec ce chien au début de leur rencontre. Il n'en faisait qu'à sa tête et, plutôt que de rassembler le troupeau, il éparpillait les bêtes sur des centaines de mètres. Il a bien reçu quelques coups de canne en guise d'initiation. Heureusement que la mère du jeune animal fougueux était là pour l'aider à comprendre les ordres hurlés par le gardien dans son étrange sabir. Depuis, il se débrouille très bien et pourrait tenir les brebis tout seul. Le berger et lui forment un couple inséparable depuis dix ans.

Un jour de printemps, Anton avait appelé son Mounpy pendant des heures. Il le pensait parti ou mort. En parcourant un pâturage pour trouver les moutons égarés, Anton l'avait découvert derrière un rocher, la langue ballante et la patte arrière dans un piège à loups. Il avait réussi, non sans mal, à extraire la pauvre bête de son entrave. Il l'avait porté jusqu'à la bergerie et l'avait soigné pendant des semaines. Sans traitements et sans médicaments, il pensait que le chien ne pourrait pas s'en sortir. Il n'aimait pas rentrer le soir au *jas* et le retrouver allongé et amaigri. Il le regardait d'un air triste. Il avait même songé à abréger ses souffrances. Pourtant, il avait appliqué sur la plaie des cataplasmes naturels de sa composition. Il avait concocté un mélange d'eau, de terre et d'adonis de printemps. Une plante à l'odeur douce et aux fleurs jaunes qui se plaît sur le causse. Au bout de plusieurs semaines, le chien était de nouveau sur pattes et pouvait suivre son maître.

Il avait rapidement retrouvé sa place de gardien dans le troupeau. Pour signifier aux moutons qu'il était revenu, il se postait très souvent sur des rochers et restait là sans bouger. Mounpy porte quand même une trace de cette mésaventure. Il boite légèrement du côté droit. Anton, lui, claudique aussi de la même jambe. Un souvenir de sa vie passée.

Anton est un gaillard de bonne taille. Il n'a pas vraiment d'âge. Son visage buriné est toujours masqué par son écharpe et la capuche de sa cape. Ses mains sont larges et tannées. Sa peau est rugueuse. Il sent le foin et le mouton. Il ne parle jamais de sa blessure. D'ailleurs, il ne parle presque pas. Il grogne plutôt et marmonne dans un mélange difficilement compréhensible de patois et de slave. Son chien, lui, le comprend très bien. Il dresse les oreilles à chaque fois qu'Anton ouvre la bouche et s'exécute sans hésiter. Le berger est là depuis toujours. Il est arrivé il y a longtemps.

Personne ne sait vraiment quand. Il est né dans la banlieue de Budapest à la fin des années trente. Charpentier comme son père et comme le père de son père, il avait repris l'atelier familial. Il a prospéré jusqu'à ce que la Seconde Guerre éclate. Sa jeune femme a été emportée par une méningite foudroyante avant que d'avoir le fils qu'ils désiraient tous les deux. Des années sombres. Les deux parents d'Anton sont morts à quelques mois d'intervalle juste après la création de la République populaire de Hongrie. Seul, mais avec le reste d'espoir qui coulait dans ses veines, Anton s'était lancé en politique. Il a quitté son pays natal lorsque les chars de l'Union soviétique sont entrés dans sa ville pour écraser l'insurrection.

Il est parti vers le sud-est et la Yougoslavie. Il a travaillé quelque temps comme docker dans le port de Koper plus au sud. Il n'aimait pas beaucoup cette vie sur le littoral. Il s'est usé tel un forcené pour quelques dinars. Il fallait survivre. Il a évité les bars crasseux où les forçats sans avenir buvaient leur paie à coup de *rakia* frelaté. Il est resté jusqu'au moment de recevoir sur la joue gauche et le bas de son menton carré l'extrémité d'un filin d'acier qui maintenait la cargaison d'un bateau et qui s'était rompu d'un coup sous les assauts répétés d'une mer déchaînée. Anton en garde une belle cicatrice.

Après cet épisode, il est parti à pied vers le nord en longeant la frontière italienne pour gagner les Alpes autrichiennes et le Tyrol. Il y demeura plusieurs années. Il a travaillé tour à tour comme bûcheron et comme ouvrier dans les scieries. Il n'a jamais appris la langue. Il se faisait comprendre en agitant ses mains aussi larges que des battoirs et en donnant de grands coups de menton. Il a traversé des montagnes et forêts immenses jusqu'à ce qu'un de ses compagnons de labeur le conduise à Lyon et qu'ils poussent la porte de la Légion étrangère. Sa carrure a réalisé des merveilles.

Il a été logé, habillé et nourri. Puni parfois. Il a accompagné plusieurs expéditions dans d'autres contrées, dont il a ramené une vilaine blessure à la jambe, et puis un jour, pour un entraînement, il a débarqué au camp du Larzac à la Cavalerie. Il a tout de suite été fasciné par l'endroit. Il parle souvent des rochers du « *Rajal del Gorp* ». Des blocs de pierre venus du fin fond du plateau et qui prennent l'air de la steppe au milieu de l'herbe rase et des buissons en troupeau. Il a décidé de rester. Embauché comme homme à tout faire dans les fermes du Larzac, il a appris le métier de berger. Il raconte que le vent qui court sur le causse et joue entre les rochers lui parle de son pays. Il est entré au service de la famille Chomazels quelques mois plus tard pour en devenir le pâtre attitré.

Ses affaires personnelles tiennent dans son baluchon. Quelques vêtements, un bonnet usé et deux paires de gants. L'une en laine épaisse et l'autre en cuir. Sa seule richesse, c'est son couteau de chasse hongrois au manche en corne de taureau et son fourreau de daim brun. Il porte également dans la doublure de son long manteau un petit livre relié de peau aux caractères gothiques. Entre les enluminures et les pages abîmées, Anton conserve une vieille photographie. Un couple tout sourire au bord d'un large fleuve. Sous son manteau de laine, Anton traîne avec lui l'ombre épaisse du mystère.

Anton est taciturne et solitaire. Colérique jusqu'à la violence, méfiant des autres et de lui-même quand il a bu et qu'il devient un autre, évitant la compagnie des hommes, mais il est bien sur le causse au milieu des moutons avec son chien. Et quand il n'y est pas, il aime se retrouver chez les Chomazels. Il ne s'attarde pas dans les villages. Il sent que les habitants sont soupçonneux à son égard. Il n'entre jamais dans les lieux de cultes, mais, dans la vallée, d'aucuns disent qu'ils l'ont vu prier sur le causse près du Roc des Trois Seigneurs.

Les Chomazels savent bien qu'il n'a pas son pareil pour s'occuper du troupeau. Il est d'une force de travail redoutable et ne rechigne jamais à la tâche. Sur le plateau, il a réparé plusieurs abris en picrrcs sèches dans lesquels il affectionne de se reposer en été et y trouver un peu de fraîcheur. Anton, l'homme toujours en colère, est maintenant plus apaisé. Il aime regarder la lumière du couchant de l'automne et du printemps. Il sort devant l'étable et fixe l'ouest. Il est comme un enfant face à un spectacle mille fois vu. Il attend ce moment où le soleil rougi gonfle puis se dilue dans l'horizon. Le berger sent l'air frais sur son visage. Ce souffle descendu du nord qui dessine des galets blanc et rose dans le ciel. Le vent chante. C'est une voie de femme. Sa femme. Elle lui susurre des mots d'amour à l'oreille.

Il dépasse sans s'arrêter les maisons du hameau. La lumière du jour commence à baisser. Il faut qu'il soit au village avant la nuit. Il passe l'ancien four à pain et s'engage sur le chemin creux et empierré qui mène à la forêt. Le vent s'atténue un peu. Après quelques centaines de mètres dans le bois, le sentier descend franchement. Il longe le ravin de Combaliéros. Il connaît la piste par cœur. Ses brodequins de cuir usés ont frotté tous les cailloux et toutes les racines. Bien que diminué par sa jambe, il avance d'un bon pas. Il commence à faire sombre. Une odeur de résine et d'aiguille de pin envahit la forêt. Depuis la citerne, il aperçoit les lumières du village. Encore quelques lacets.

Mounpy a pris les devants. Il s'arrête un court instant en entendant un grand-duc qui prépare sa sortie puis rejoint rapidement Anton. Au niveau des premières maisons, un chien aboie. Mounpy lève le museau et se rapproche des lourds pans de la cape du berger. Ils descendent de conserve la ruelle jusqu'au porche de la demeure du bas au rythme du bâton d'Anton qui martèle le sol à chaque pas. Anton pousse le battant de la vieille porte de bois et pénètre dans le passage sombre sur de grandes dalles de pierre noire et humide. Son compagnon s'y faufile également. Au bout du corridor, une ancienne applique murale diffuse une faible lumière jaunâtre.

Au pied de l'escalier, Mounpy frétille en retrouvant sa mère. Il jappe doucement jusqu'à ce qu'Anton tape fort son bâton sur le sol. Le chien s'allonge et pose son museau sur ses deux pattes de devant. Le berger saisit la rambarde de fer et monte les marches jusqu'au perron. La nuit est tombée. Le village est silencieux. Plus haut dans la montagne, le hibou émet un son profond et monotone. Anton lève la tête et regarde vers le sommet. Le brave Mounpy se redresse d'un bond et dresse les oreilles. Il admire son maître puis se ravise et se recouche. L'homme s'approche de l'entrée. Il baisse sa capuche et découvre une chevelure clairsemée et collée. Il a les sourcils blancs et ébouriffés. Sa barbe rude de plusieurs semaines masque à peine sa peau brune et tannée. Ses yeux noirs et ronds lui donnent un air sévère. Il pousse la porte d'une main ferme et s'aide de son pied. Elle résiste et frotte le seuil. Le berger entre dans la pièce. Tout le monde est là. Le pâtre se défait de sa capeline et l'accroche à la patère. Il appuie son bâton contre le mur et s'avance.

Louise et Lucien

La large pièce est sombre. Elle n'est éclairée que par un grand néon fixé au centre. Une peinture verdâtre recouvre les murs. Au milieu trône une immense table. Derrière et face à l'entrée, une imposante cheminée de pierres accueille une grosse cuisinière à bois. De la buse monte un tuyau noir qui se perd dans le conduit. Son lourd plateau de fonte porte deux zones de cuisson avec plusieurs cercles amovibles. Sur la première repose une cocotte d'où s'échappe une fine fumée blanche aux senteurs d'automne. De la seconde s'enfonce doucement une bûche prise par les flammes. Une modeste réserve de bois attend sagement sur le flanc de l'âtre. Face à l'entrée, de l'autre côté, il y a une petite fenêtre en dessous de laquelle est fixé un évier. Le robinet est prolongé par une rallonge flexible qui goutte. Un bruit clair et aigu qui transperce un silence assourdissant.

Ils se retournent tous au moment où Anton fait son apparition. Lucien, le père, est assis à sa place habituelle, au bout de la table. En face de lui le siège est vide. Les neuf enfants sont tous là. Installés autour du grand plateau de bois de la grande table, ils sont huit : Henri, Odette, Zénaïde, Michèle, Antoine, Éliane, Laurence et Stéphane. Claudine, elle, est assise sur une chaise à côté de la cuisinière. Il y a un espace libre pour le berger à la droite de Lucien. Il s'assoit sans dire un mot. Tous les regards se portent sur le siège vide. Sauf celui de Claudine qui contemple le sol en frottant la pointe de sa chaussure droite et qui frictionne frénétiquement ses deux mains.

Louise est morte l'autre matin. Elle s'est éteinte dans son sommeil par une nuit d'automne. Une nuit humide et fraîche quand du Bramont monte la brume. La veille, comme à son habitude, elle s'était couchée très tard. C'est elle qui avait fermé la porte à clé. Après le dîner, elle avait fait un peu de rangement puis elle s'était occupée de Claudine. Chaque jour, elle se voûtait un peu plus. Elle penchait franchement du côté droit. Ses jambes la faisaient atrocement souffrir malgré les soins. Une infirmière passait pourtant plusieurs fois par semaine. Elle ne voulait pas s'arrêter. Elle ne s'est jamais arrêtée. Ni même reposée. Elle devait se soucier de la ferme et du jardin. De la maison et de la cuisine. Des enfants à Claudine. Ce soir-là, elle avait confectionné une vingtaine de fromages de chèvre et préparé la soupe du lendemain.

Louise est née quelques années avant la Grande Guerre dans le village du Fraissinet-de-Lozère sur le flanc méridional du mont Lozère. À mille mètres d'altitude. Non loin du Pont-de-Monvert et de la haute vallée du Tarn. C'est la deuxième fille de la famille qui compte six enfants. Ses parents, fermiers, possèdent un beau troupeau de moutons et quelques vaches. Dans cette contrée isolée, elle a été élevée dans des conditions de vie très dures. Elle a reçu une éducation scolaire chaotique, rythmée par le bref passage des instituteurs de village. Ils ne tenaient rarement plus d'un hiver. C'est grâce à Jean Coudrech, son dernier maître d'école, qu'elle a obtenu le certificat d'études.

Lui, un aventurier venu de nulle part, a su s'adapter à cette montagne de granit hostile et belle. Il est devenu amoureux de cette contrée où la lande sème des blocs de pierre aux formes ensorcelantes. Un matin d'hiver où le vent glacial a balayé et durcit la neige, le jeune éducateur, a réussi à ramener le frère de Louise qui s'est retrouvé coincé du côté de la cascade de Runes. Il est tombé malade. Après deux jours de fièvre continue, il a gardé le lit presque une semaine avant de pouvoir recommencer à travailler. Sa mère est restée auprès de lui autant qu'elle le pouvait entre toutes les tâches de la ferme. Elle lui a donné des potions à base de buis dont elle seule connaissait la recette. Louise et ses frères et sœurs, désemparés, ont aidé leurs parents comme ils ont pu le temps qu'il aille mieux. Puis l'hiver est passé.

Dès les beaux jours, elle grimpe avec sa sœur et son frère aîné dans les estives pour garder le troupeau et s'occuper de la traite et de la confection des fromages. Elle aime parcourir ces grands espaces. Elle adore par-dessus tout l'été quand vient la récolte des myrtilles. Elle n'a pas son pareil pour peigner les buissons. Elle ramasse de quoi remplir de larges paniers et prépare les confitures avec sa mère. Elle en mange aussi beaucoup jusqu'à se rendre malade et avoir les mains violettes. C'est son seul plaisir dans cette montagne isolée.

Louise n'est pas très grande. Son mince visage est percé par deux petits yeux bleus et rieurs. Elle attache ses cheveux mi-longs qui ondulent légèrement et laisse quelques mèches sur son front. Elle a la peau claire même si elle passe tout son temps dehors. Malgré son allure chétive, elle est d'une constitution robuste. Elle n'est jamais fatiguée. Elle peut parcourir la montagne sans s'arrêter à la recherche d'une bête égarée. Un jour, son deuxième frère lui a ramené de Mende une paire de souliers en cuir dont elle est très fière. Elle en prend le plus grand soin. Elle porte, le plus souvent, un chemisier de lin blanc sur une jupe sombre qui descend jusqu'aux chevilles. Le tout surmonté par une blouse longue à motifs. Une vie de labeur orchestrée par les saisons et les animaux de la ferme.

Louise n'est pas coquette comme sa sœur. Elle est vive et enjouée. L'instituteur ne tarit pas d'éloges sur elle. Il lui trouve beaucoup de facilité dans l'écriture et les exercices de calcul. Il la découvre sensiblement rêveuse. Surtout au début du printemps quand la montagne chante. Louise est têtue et déterminée. Elle peut bouder des heures lorsqu'elle est contrariée par ses parents. Elle se sauve parfois. Mais c'est un prétexte pour mieux rejoindre la Brousse, le Roc du Chastel ou la Serre de Monjol. Elle a souvent le dessus sur ses frères et sœurs. Elle rit beaucoup et plisse le coin de ses petits yeux. Elle est d'humeur égale, mais elle n'hésite pas à donner son avis. Elle ne croit pas beaucoup en Dieu, mais se plie bon gré mal gré aux rites familiaux et à ceux du village.

Elle ne tient pas en place. À l'entretien du modeste potager, elle préfère parcourir, des journées entières, les pentes du mont Lozère pour être avec le troupeau. Mais l'hiver, quand le vent souffle et que l'air est glacial, elle passe tout son temps à l'intérieur. Elle s'ennuie. Parfois, contrainte et forcée, elle rapièce des vêtements usés. Elle aide également sa mère et sa sœur à s'occuper de la demeure et du cheptel logé sous la maison. La haute bâtisse rectangulaire abrite au premier niveau, et en sous-sol, l'étable et la cave qui se prolonge bien au-delà de la ferme. L'ensemble sous deux belles voûtes de pierres. En haut, il y a une grande salle et la chambre des parents. À l'étage, deux chambres supplémentaires puis un grenier. De petites ouvertures percent uniquement la façade exposée au sud.

La demeure épouse les contours de la pente. Sur le pignon de la maison, une boursoufflure ronde prolonge la maison. Un four à pain surmonté d'une petite cheminée coiffée par deux lauzes en triangle. Devant, et en partie sur la bergerie, un jardinet bordé d'un muret de pierres sèches. À l'intérieur du logis principal, la grande cheminée accueille deux bancs de granit. Elle chauffe toute la demeure. De l'autre côté, le mur est percé de deux ouvertures qui permettent l'accès au four à pain. L'une accède au foyer et l'autre au plateau de cuisson. Le mobilier est modeste. Une table massive au milieu de la pièce est entourée de deux bancs et de deux chaises. Une armoire près de la porte, un bahut près de la fenêtre et à côté de la vasque de pierre et une horloge comtoise qui grimpe jusqu'au plafond. Son balancier rythme le temps qui passe et donne la mesure au feu qui crépite. Derrière l'escalier de bois qui mène aux chambres, un autre permet de descendre directement à l'étable. Louise l'emprunte souvent pour surveiller et nourrir les bêtes qui patientent calmement en attendant le retour des beaux jours. Elle est habituée à cette odeur de foin, de paille et de fumier. Il se dégage une douce chaleur animale. Au fond, une double porte permet de donner un peu de lumière et de sortir les bêtes. Régulièrement et à tour de rôle, Louise, sa sœur et ses frères doivent refaire les paillasses et sortir le lisier. Une tâche dure et ingrate. Louise déteste ça. Elle a du mal à saisir les larges poignées de la lourde brouette de bois. À chaque fois, elle revient avec la peau des mains abîmée.

En revanche, l'hiver, il n'y a rien à faire au potager et Louise est soulagée. L'autre jardin, plus grand, est situé un peu plus bas dans le village. Non loin de la source. Hors de cette période froide, lorsque Louise est à la maison, elle doit accompagner sa mère pour travailler la terre. La tâche est dure et fatigante, mais elle pense à sa montagne. Son espace de liberté.

Louise adore ce moment de l'année où le mont Lozère laisse glisser son manteau de neige pour découvrir une lande couchée et brûlée. Puis, tout doucement, les herbes se redressent et se maquillent d'un beau vert tendre qui rivalise avec le jaune des fleurs sauvages. La montagne s'habille d'or. Des jonquilles de printemps, des pissenlits, mais aussi des genêts. Et puis quelques touches multicolores et mauves. Des pensées sauvages et des narcisses. Des orchidées sauvages et des marguerites. Des bleuets et des myosotis. Une explosion de senteurs et de nuances. C'est l'heure pour Louise de sortir les bêtes et de gravir les pentes vers la Sagne Rousse entre les villages de Finialette et la Brousse. Il y a là-haut une bergerie. Louise y rentre les brebis le soir et s'occupe de la traite. Elle passe le reste de ses journées à surveiller le troupeau. Elle connaît chaque sentier et chaque rocher. Elle sait les sources d'eau. Elle sait les abris en cas d'orage. Elle reconnaît toutes les traces des animaux sauvages. Elle ne craint pas les loups qu'elle écoute hurler parfois. Elle ramasse les plantes aux vertus médicinales et comestibles. Elle se nourrit d'un peu de pain sec, de jambon cru, de fromage et de quelques baies. Elle fait partie du mont Lozère.

La vie de Louise est ainsi. Immuable. Elle a presque trente ans. L'écho du bruit de la Seconde Guerre ne s'entend presque pas ici. Il devient audible lorsque toute la France est occupée. Du Fraissinet-de-Lozère, on voit bien passer quelques réfugiés descendants vers Florac ou des groupes de résistants se dirigeant vers les Cévennes plus à l'est.

Un jour pourtant, elle a rencontré Lucien lors de la fête de l'été au Pont-de-Montvert. Louise a revêtu pour l'occasion une belle robe brodée et un châle au crochet léger. Elle a mis quelques fleurs sauvages dans ses cheveux. Lui portait un veston sombre sans manches sur une chemise blanche et des souliers neufs. Il revenait d'une visite de l'estive du côté du village de Finiels où sa famille avait un troupeau. Lui était du Valdonnez. Plus que ses bêtes et ses fleurs. Plus que l'air frais du matin qui réveille la montagne. Plus que le soleil d'été qui rougeoie et disparaît lentement derrière les arbres de la forêt du col de Montmirat, elle est immédiatement tombée sous le charme de ce jeune homme venu de la vallée. Ils sont restés ensemble toute la journée au milieu des flonflons et des musiciens. Lui, maladroit et un peu benêt. Elle, directe, et sans ambages. Le tout sous le chaperonnage du frère aîné de Louise. À la fin de la fête, ils se sont promis l'un à l'autre et puis ils sont partis chacun de leur côté. Ils vont s'écrire. Ils s'y sont engagés. Elle est remontée dans sa montagne le cœur léger. Lui est redescendu dans la vallée, un sourire collé à la figure.

Lucien est frêle et pas très grand. Il est gentil et aimable, mais sûr de lui. Il se met rarement en colère. Il a de beaux yeux rieurs. Il parle beaucoup et trouve toujours l'occasion de faire des plaisanteries à ses proches. Il n'est pas resté longtemps à l'école. Il devait s'occuper de la ferme avec ses parents. De son passage éclair sur les bancs de l'école communale, il a retenu les enseignements de mathématiques. Il calcule tout. Il fait attention à la moindre dépense, mais il sait être très généreux. Il est très attaché à « *sa terre* » et à son pays du Valdonnez. Il suit scrupuleusement les préceptes de la religion catholique.

Les tractations entre les deux familles ont continué presque une année. Durant cette période, Louise a reçu trois lettres que son père a lues devant tout le clan avec la solennité requise. Les lettres parlent d'avenir et de foyer. Les lettres parlent de terres et de cheptels. Les lettres parlent de famille et de patrimoine. Louise a répondu en évoquant sa montagne. Elle prend conscience en les écrivant qu'elle va devoir la quitter. Une larme a peut-être coulé sur le papier épais. Le mariage a été célébré dans l'église du Fraissinet-de-Lozère puis la fête, toute simple, dans un pré du village. Avec la famille du marié, tous les habitants du hameau ont été conviés. Louise, encore innocente, n'a pas pu rejoindre sa montagne ; un ultime moment. Au lieu de ça, elle découvre l'amour. Deux jours après leur union et pour la première fois, elle a quitté son pays avec une modeste malle. Non loin du village de la Fage, bercée par le mouvement de la charrette, Louise regarde le champ de menhirs et se tourne vers l'est pour apercevoir une dernière fois ce mont Lozère qu'elle aime tant.

Louise s'installe quelque temps dans la ferme familiale de son mari Lucien. Celle-ci est située au lieu-dit Balduc. Une montagne isolée au cœur de la plaine entre la Nize et le Bramont. L'endroit est surprenant et déconcertant pour Louise. Il faut grimper sur un bon kilomètre au travers d'une forêt épaisse avant de parvenir sur un plateau défriché de quelques arpents. La ferme est plantée au milieu. Sur la bordure sud, on rencontre la chapelle Saint-Alban. Tout de suite, elle se sent oppressée. Comme si elle venait d'arriver dans une forteresse. Une zone entourée d'un bois dense comme une enceinte infranchissable. Seule l'altitude du lieu lui rappelle un peu sa montagne qu'elle devine au loin.

Le couple reste là presque deux années. Le temps nécessaire à Lucien pour dénicher une ferme. Leur ferme. Grâce à la famille et à l'héritage de l'oncle Auguste, il trouve une belle métairie dans la vallée. Elle les attend au bord du Bramont avec un ensemble de terres très fertiles. Quand ils descendent de leur forteresse, Louise est enceinte. Quelques années plus tard, la ferme perchée disparaît avec la mort des parents de Lucien. L'installation est rapide, car les travaux des champs n'attendent pas et il faut s'occuper du troupeau de vaches et des quelques chèvres. Dans l'immense maison, ils n'habitent que trois pièces. Une large salle de vie au sol de dalles noires et crasseuses, un grenier attenant, le galetas, et une vaste chambre dans le vieux logis médiéval. Le reste des pièces de la demeure étaient encore encombrées de vieilles affaires abandonnées par les fermiers propriétaires.

Pendant que Lucien travaille aux champs, Louise s'occupe du foyer et des animaux. Un jour sombre de mars alors que le vent souffle un air glacial et que la neige entre dans la danse, elle descend à l'étable pour entamer la traite du soir. Elle prépare son tabouret et son seau en acier. Elle revêt sa blouse. Les vaches sont passablement agitées. Elles remuent dans tous les sens et balancent leur queue comme on manie le fouet. Louise, dans son état, avance péniblement et essaie de faire reculer les animaux pour pouvoir s'asseoir et commencer à tirer le lait.

Comme à son habitude, elle cale son trépied sur la paille en l'inclinant légèrement vers l'extérieur. Elle s'y assoit. Elle prodigue une caresse sur le flanc de l'animal et prononce quelques mots lentement et avec douceur : « calma ma bèla, tot va ben », « *du calme ma belle, tout va bien* ». Elle appuie son front sur le ventre de l'animal et fait glisser le récipient sous les mamelles. Elle se saisit délicatement de deux pis entre ses doigts. Elle les tire vers le bas plusieurs fois puis les prends à pleine main pour récupérer le lait. L'animal se calme peu à peu. Louise cale le rythme de la traite sur la respiration de la vache qui rumine doucement. Quand elle a terminé, elle se redresse et elle se dirige au fond de l'étable pour y verser le contenu du seau dans le bidon.

C'est à ce moment que l'une des bêtes, dans un mouvement de panique, se recule brusquement et lève ses pattes arrière. L'une d'elles touche Louise en plein ventre. Sous le choc, elle lâche le récipient et s'écroule dans le fumier. La douleur est tellement forte que Louise s'évanouit. Dans l'étable, le calme est revenu et Louise gît au sol. Quand elle se réveille, elle pense immédiatement au bébé qu'elle porte. À cet enfant à naître. Elle essaie de sentir sa présence. Elle tente de ressentir les battements de son petit cœur. Mais rien. Elle se relève péniblement et essuie son visage crotté. Son ventre lui fait très mal. Elle est pliée en deux. Elle appelle Lucien de toute ses forces, mais il ne vient pas.

Elle attrape un râteau de bois adossé au mur et s'y appuie comme elle peut. Elle sort de l'étable et traverse la cour couverte d'un épais tapis blanc. Le vent glacial et les flocons lui cinglent le visage. Quelques gouttes de sang s'échappent de ses jupons et maculent la neige. Avec une incroyable énergie, elle se hisse sur le palier de la maison, pousse la porte d'entrée et s'écroule sur le sol. Lucien, affairé à raviver la cuisinière à bois, se retourne brusquement. Il lâche sa bûche et se précipite auprès de Louise. Il la relève maladroitement et la conduit directement dans la chambre. Il l'allonge sur le lit, lui ôte ses souliers et pose un édredon sur elle qu'il remonte sur sa poitrine. Des gouttes de sueur perlent sur le front de Louise. Son visage est encore barbouillé de souillure. Avant de défaillir à nouveau, elle prononce avec une voix presque inaudible : « lo nenon, coma va lo nenon ? », « *le bébé, comment il va, le bébé ?* ».

Lucien est désemparé. Avec un linge humide, il se penche sur sa femme et lui nettoie la figure. Il répète sans cesse « pausa-te, se calmar, pausa-te, se calmar », « *Repose-toi, calme-toi* ». Louise est inconsciente. Il rabat la couverture sur elle puis se redresse et repart dans la grande pièce voisine. Il saisit son manteau, l'enfile à toute vitesse, et se précipite à l'extérieur. Il empoigne la rambarde et dévale l'escalier aux marches gelées et tapissées d'une fine couche de neige fraîche. Il manque de glisser à son tour. Il se rattrape de justesse en s'agrippant aux montants de fer. Par endroit, le sang de Louise est encore visible. Il a creusé de petits trous dans cette blancheur immaculée.

Lucien, passe sous le porche et donne un grand coup de pied dans la vieille porte de bois qui mène sur la rue. Il tourne à gauche et file vers le haut du village. Il se précipite chez son cousin. Il est le seul à avoir le téléphone. De là, il peut prévenir le médecin du canton. Pendant ce temps, la femme de celui-ci prend quelques remèdes et descend au chevet de Louise. Après plusieurs tentatives, ils réussissent à joindre le docteur. Avec toute cette neige, il ne peut pas être sur place avant des heures. L'attente est interminable. Vers le petit matin, il arrive enfin. Louise a recouvré ses esprits, mais souffre d'intenses douleurs au ventre. L'examen confirme, au soulagement, de Louise et Lucien que l'enfant est vivant. L'hématome de Louise est impressionnant, mais il n'y a pas d'hémorragie.

Elle doit garder le lit plusieurs jours et appliquer un linge froid ainsi qu'une pommade à l'arnica. Lucien, apaisé, garde tout le monde à manger. Il glisse un billet dans la poche du médecin. Ce dernier repart au volant de sa traction Citroën, les bras chargés de saucisses sèches et de fromages de chèvre frais. Le cousin et sa femme remontent dans leur maison. La neige recouvre tout et efface le sang de Louise. Lucien entre dans l'étable. Il fait chaud. Il se diffuse une forte odeur de vache et d'urine. On entend que le bruit métallique des chaînes qui maintient les bêtes. Il se saisit d'un bâton. Il repère le tabouret et le seau entre deux vaches. Il récupère les ustensiles et frappe violemment la croupe des deux animaux qui, entravés au niveau de l'encolure, bougent dans tous les sens pour échapper à la sentence. Une fois son forfait accompli, Lucien pose son arme. Il contourne les vaches et se glisse sur le côté. Il prend une fourche et fait descendre le foin dans les mangeoires. Il repasse derrière et racle la paille souillée pour l'amener près de la porte qu'il ouvre en grand. Une bouffée d'air froid entre dans l'étable. Il charge la brouette puis la roule au-delà du bâtiment jusqu'au tas de fumier. Il est fumant et, en partie, recouvert de neige.

Lucien renouvelle l'opération jusqu'à ce que tous les animaux aient une paillasse sèche. Il referme l'étable et fait le même travail dans celle attenante, mais plus petite, des chèvres. L'odeur est encore plus forte. L'endroit est situé sous le logis carré ; une ancienne salle voûtée. Une peinture blanche et sale enduit les murs de pierres. Des planches de récupération sont fixées sur le pourtour. Du sol jusqu'à un bon mètre de hauteur. Là, les animaux ne sont pas attachés. Seul, le bouc est isolé dans un enclos fait de solide madrier de bois. L'entrée de

Lucien est remarquée. Chèvres et chevreaux béguètent et s'agitent dans tous les sens. L'homme ne vient presque jamais ici. C'est le domaine de Louise. Aujourd'hui, la collecte de lait est bien moindre que d'habitude. Mais tout le village a son lait. En guise de protestation, le bouc se contente de donner de bons coups de tête dans la palissade.

Dès le lendemain, et malgré les douleurs, Louise est debout. Le soleil n'est pas encore levé. Lucien dort toujours. Elle verse de l'eau glaciale dans la bassine de toilettes en faïence puis elle se lave abondamment le visage. Elle frotte avec un linge humide. L'eau lui saisit la figure. Elle applique une bonne couche d'onguent et elle enveloppe son ventre rond et tuméfié dans une bande de tissu. Elle serre légèrement puis elle met ses jupons et passe sa blouse. Elle coiffe ses cheveux clairs et les cache sous un fichu de toile Vichy jaune moutarde et blanc. Elle chausse ses bas épais et ses bottillons d'hiver. Elle marche doucement à cause des élancements. Il fait froid. De la neige s'est accumulée sur les fins tasseaux à la peinture écaillée des carreaux de la fenêtre. Dans la grande salle, elle attise les dernières braises de la cuisinière à bois et glisse deux bûchettes de chêne. De petites flammèches attaquent déjà le combustible sec. Elle remet les cercles de fonte et prépare son petit déjeuner. Un bol de lait puis un mélange de café et de chicorée. Deux belles tranches de pain et surtout de la confiture de myrtilles. Celles, merveilleuses, de son mont Lozère. Un plaisir teinté de nostalgie.

Son repas avalé, elle débarrasse la grande table, range la cuisine, et façonne les fromages de chèvre. Il est temps de faire la traite et de nourrir les animaux. Elle se couvre de son châle et ouvre la porte. Un air froid s'engouffre dans la pièce. Des flocons soulevés par la brise virevoltent dans l'entrée et tentent de rentrer pour se réchauffer. Louise referme vite le vantail. La nuit hésite encore à laisser sa place. Le soleil tarde à éclairer le fond de la vallée. Louise serre fermement la balustrade de fer pour ne pas glisser sur les marches gelées. Elle traverse la courette, attrape les deux bidons. Elle les rince. L'eau froide lui mord les doigts. Elle rentre doucement dans l'étable. Tout est calme. Le souffle des ruminants s'élève un peu par-dessus les têtes cornées puis disparaît.

Louise s'avance avec une légère appréhension. Elle se tient le ventre. Avant de commencer, elle circule entre chacune des vaches, caresse leur museau et leur parle posément : « es ieu, soi aquí, soi aquí », « *c'est moi, je suis là, je suis là* ». Louise est rassurée par les petits mouvements de tête et d'oreilles des animaux. Louise passe sa main devant leurs narines pour sentir l'intensité du souffle. Elle décroche son trépied et attrape son seau. Elle s'installe sur le côté de la vache qui l'a blessé la veille. Elle lui caresse le ventre : « tot va ben ma bèla. Tot va ben », « *tout va bien ma belle. Tout va bien* ». Elle commence calmement la traite, mais surveille d'un œil la bête qui balance doucement sa queue. Le tirage du lait se déroule sans problème. Louise est soulagée. Elle poursuit son travail.

Quelques mois plus tard, à la fin de l'été, Claudine naît. La Lozère libérée de l'occupation allemande est en liesse. Louise et Lucien le sont pour une autre raison. Le nouveau-né est chétif, mais en bonne santé. Louise et Lucien, sans en dire un mot, étaient inquiets à la suite de l'événement qui avait émaillé la grossesse de Louise. Excepté un vagissement faible lors de sa première respiration, l'enfant ni ne pleure, ni ne crie. Il est de temps en temps gêné ou agité, mais jamais il ne geint. Claudine est *différente*. Le docteur du canton qui vient la voir parfois la trouve malingre et peu éveillée. Louise et Lucien, jeunes parents, lui procurent tout l'amour possible. Ils essaient par tous les moyens de solliciter l'attention de Claudine. Louise l'emmène partout avec elle. Du jardin à l'étable. Des champs à la maison. Mais Claudine ne manifeste aucune réaction. Elle ne babille pas. Elle ne sourit pas. Elle marche très tard et ses pas sont désordonnés. À l'âge où elle doit aller à l'école du village, elle ne parle pas et demeure aux côtés de ses parents. Au Fonts, on se moque un peu ou l'on reste indifférent. Pour Louise et Lucien, les mois passent entre les travaux de la ferme et l'attention constante que demande Claudine.

C'est à ce moment que Louise donne naissance à Henri. Les parents accueillent avec soulagement ce garçon fort et en bonne santé. Claudine, elle, vient d'avoir trois ans. La famille, comme la ferme, s'agrandit. Au sortir de la guerre, il faut tout reconstruire et la France a faim. La demande de lait est importante. Louise et Lucien augmentent le nombre de vaches. Le lait est dorénavant collecté par une laiterie non loin de Mende. Les fromages de chèvre sont toujours faits à la maison et distribués alentour. Malgré le travail éreintant de la ferme, la famille continue de croître. Odette naît une année plus tard. Puis Michèle, Antoine et Zénaïde.

Durant l'été caniculaire marquant la fin des années cinquante, alors que le soleil n'en finit pas de disparaître derrière la montagne, Lucien vient de terminer son dernier chargement de fourrage. Malgré l'achat de son premier tracteur Renault d'une superbe couleur orange, il doit laisser la remorque à la grande entrée du côté est de la ferme et amener, à l'aide d'une brouette, le foin dans la grange attenante à l'étable. Le travail est long et fatigant. Il est contraint de faire des dizaines de voyages pour rentrer le fourrage. Heureusement que ses enfants, Henri et Odette peuvent l'aider. L'école ne recommence que dans quelques semaines. Les petits Chomazels sont épuisés, ils ferment la porte de la grange et montent à la maison. Lucien déplace le tracteur et la remorque avant de les rejoindre. Louise vient de finir la traite des vaches et des chèvres. Elle est suivie de près par Michèle, quatre ans. Elle porte dans une main le seau de lait de chèvre et dans l'autre Antoine, seulement âgé d'un an. Claudine et Zénaïde sont restées à la maison. Claudine va sur ses quinze ans et Zénaïde est née cette année. Dans la grande salle de la demeure, Claudine est assise juste à côté de la cuisinière à bois. Le regard vide, elle se balance tranquillement d'avant en arrière tout en tenant d'une main le berceau de bois dans lequel s'agitent les bras et les jambes de la petite dernière.

Après le repas et comme la nuit laisse le jour profiter de la douce chaleur, les enfants jouent dans la cour pavée avec Gobert le chien de la maison. Un maigre animal recueilli un matin par Louise alors qu'elle portait le lait au village voisin de Rouffiac. Il lui a tout de suite plu. Elle ne sait pas d'où il vient ni même de quelle race il est. Joueur et malin, il est redoutable quand il faut ramener les chèvres ou les vaches dans le droit chemin. Quelques ordres en patois suffisent. L'enclos qui sert souvent d'aire de battage prend des airs de cour d'école.

Au moment où la nuit tombe, une fumée s'échappe de la grange et se glisse sous les grandes portes de bois. Rapidement, des flammes viennent lécher les montants pour trouver un passage et profiter du beau ciel d'été.

Les enfants affolés donnent l'alerte. Le chien se met à aboyer en direction de la grange. Lucien dévale quatre à quatre les marches de l'escalier de la bâtisse. Louise le suit avec les plus petits dans les bras. Claudine colle sa mère. Elle gémit et se frappe la tête. Toute la famille se jette sous le porche et déboule sur la placette devant la maison. Lucien et son fils Henri rentrent dans la cour et évacuent les animaux par le passage. L'entrée de l'autre côté est inaccessible. Une épaisse fumée cnvahit tout l'espace. Les flammes s'étirent vers le ciel et des cendres incandescentes rejoignent les étoiles. Les deux hommes ouvrent tour à tour l'étable et la bergerie. Ils s'y engouffrent, détachent et libèrent les bêtes qui se précipitent sous le porche. Ils sortent et s'éparpillent dans tout le hameau et vers le chemin de la petite école. Les habitants des Fonts arrivent en courant avec des seaux et des tuyaux.

L'incendie détruit en quelques minutes toute la grange. Lucien, son fils et tous les bras disponibles joignent leur force pour éviter que le feu ne gagne l'étable et la grande maison. Le village cri et gesticule dans tous les sens : « qu'ei lo fuòc dens los Chomazels ! Al fuòc ! », « *il y a le feu chez les Chomazels ! Au feu !* » Du ruisseau qui traverse le hameau, on sort des seaux. On tire des tuyaux, mais pour l'étable, les flammes ont déjà trouvé de quoi se nourrir, il est trop tard. Après plusieurs heures de lutte, la grange et l'étable sont détruites. Les ruines noires et fumantes sont complètement noyées. L'habitation et la bergerie sont sauvées du brasier. Une odeur de paille et de foin brûlé monte dans le bourg et dans toute la vallée. Sur le visage sali de Lucien, des larmes coulent. Il dit : « es pas possible ! », « *ce n'est pas possible !* ». De l'autre côté, Louise, avec tous ses enfants autour d'elle et encadrés par les villageois, fait face. Digne. Sans rien laisser paraître. Claudine, adossée au parapet qui borde le ruisseau, la tête dans ses genoux, se tire les cheveux et gémit.

Les animaux, surpris de se retrouver dehors, errent dans la rue du hameau. Les vaches cherchent de l'herbe. Plus audacieuses, les chèvres grimpent sur la balustrade qui sépare le cours d'eau de la petite route. Dans le lointain, la sirène des pompiers déchire la nuit et se lamente. Claudine se réfugie auprès de sa mère en se bouchant les oreilles. Le fourgon, un Berliet neuf, à la bouille arrondie, arrive pour noyer le reste des braises encore fumantes. Henri a déjà rassemblé les chèvres avec l'aide de Gobert. Un unique ordre a suffi et le chien s'est exécuté. Il ramène le troupeau et le conduit directement dans la bergerie. Seul, le bouc tente de se rebeller. Il se retourne brusquement et lève ses pattes avant tout en baissant la tête. Prêt à foncer sur le jeune chien. Mais il ne se laisse pas intimider. Il riposte en aboyant et en bougeant dans tous les sens devant le récalcitrant. Louise demande à son fils aîné de récupérer les vaches et de les mener au pré pour le reste de la nuit.

Le garçonnet s'exécute. Il est accompagné par Gobert. Louise, les traits marqués, remercie les autres villageois et monte à la maison avec les petits. Claudine, la tête basse, attrape un pan de la blouse de sa mère et suit le mouvement. Lucien est avec les pompiers et quelques âmes charitables sur le lieu du sinistre. Dans la cour, une eau noircie, serpente entre les dalles de pierres inégales et descends vers le porche pour s'évacuer dans le ruisseau. Personne ne sait comment cet incendie s'est déclaré. Louise et Lucien s'interrogent et perdent le sommeil. L'assureur, venu de la ville de Mende, conclut à un échauffement et une combustion spontanée du foin. Il s'en va et revient quelques jours plus tard en compagnie d'un financier.

Les jours et les mois qui suivent sont difficiles. Il faut faire vivre la ferme et il y a le foin à récolter. Louise et Lucien s'organisent avec un voisin pour abriter temporairement les vaches dans un vieux hangar situé un peu plus haut dans le village. Quelques semaines après le drame et le passage de l'assureur et du banquier, Louise et Lucien décident de construire une nouvelle étable. Après d'âpres et rudes négociations, le financement est trouvé et accepté. Le bâtiment est installé derrière l'ancienne grange. Il est beaucoup plus moderne. Il y a même l'eau chaude. Les ruines de l'étable et de la grange sont vite déblayées. Elles sont oubliées dans un champ au bord du Bramont. Les deux édifices incendiés qui fermaient la maison ouvrent maintenant la cour vers l'est et dégagent la vue du logis sur un pâturage et sur la forêt.

Une nouvelle vie s'organise à la ferme des Fonts. Henri est parti au collège à Mende. Il est en pension. Odette, Michèle et Antoine sont à l'école du village. Une unique classe tenue fermement par madame Baupillac. Elle est installée là depuis plus de dix années. Elle habite un modeste logement au-dessus de sa classe. L'école, une maison haute, est située à la sortie du hameau sur le chemin qui mène à Balsièges. Elle est entourée d'un beau mur de pierre tout juste ouvert par un portillon de bois surmonté d'une cloche. C'est la fin de l'été et le tintement résonne dans le village deux fois par jour. L'institutrice avait accepté de prendre dans sa classe la petite Claudine quand elle avait fêté ses quatre ans, mais dans ce lieu qu'il ne lui était pas familier et en l'absence de ses parents la fillette était restée prostrée au fond de la salle. La maîtresse avait essayé de l'approcher. Au moment où elle avait posé sa main sur l'épaule de Claudine, cette dernière s'était mise à grogner et à s'agiter dans tous les sens. Elle avait fini par se lever et par traverser la classe en heurtant tous les pupitres. Elle s'était échappée de l'école. Malgré l'alerte lancée par madame Baupillac, Claudine était introuvable. Pendant des heures, tout le village était parti à sa recherche. Les voix de Louise et de Lucien ont résonné en écho : « Claudine, ont es ? Claudine, ont es ? », « *Claudine, où es-tu ?* ». C'est le cousin de Lucien qui avait retrouvé l'enfant. Elle était allongée.

Blottie à même la large pierre du seuil d'un portillon de jardin sur le petit chemin caché qui borde le ruisseau. Celui qui se perd vers le chaos rocheux au pied de la l'inquiétante et sombre cavité percée dans la montagne. Depuis ce jour, Claudine reste à la maison.

Lucien a rentré tout le fourrage. Avec l'incendie, il n'y en a pas beaucoup. Pas suffisamment. Louise et Lucien doivent en acheter pour tenir jusqu'au printemps. Ils devaient acquérir de nouvelles bêtes, mais vu les circonstances, ils décident de reporter leur achat. Sur le village des Fonts, niché dans le fond de la vallée, le soleil ne s'attarde pas. Il ne s'attarde plus. Des cheminées des maisons s'échappent des fumées. Elles rivalisent avec la brume épaisse qui monte de la rivière dans le petit matin frais.

Louise, étire les froides et sombres journées. Entre les petits, Claudine, la cuisine, la maison et les animaux, elle ne s'arrête jamais. Claudine fait toujours des cauchemars et réveille sa mère toutes les nuits en hurlant. Elle mouille encore ses draps. Lucien se consacre aux travaux de la morte-saison. Il faut rentrer du bois, réparer les clôtures et préparer les sols avant que la neige ne les couvre. Il passe également du temps à dégager les derniers gravats de l'ancienne étable et à apprêter l'emplacement des nouveaux bâtiments. Il reçoit l'aide d'Anton, descendu du causse pour quelques jours. Les brebis sont revenues pour l'hiver et un jeune saisonnier s'en occupe en l'absence du berger. Lorsqu'il rentre dans la maison pour souper, les enfants se précipitent dans les jupons de leur mère. Ils craignent ce géant taiseux, bâti comme un roc, enveloppé de sa lourde cape de mystère et le visage masqué par son étonnant chapeau. Dès qu'il s'installe à table — toujours à la même place —, il engloutit bruyamment deux bols de soupe épaisse. Il sort son couteau et se taille une belle tranche de pain sur laquelle il pose un énorme morceau de jambon qu'il s'est préalablement coupé. Il boit un verre de vin et dévore sans attendre le pain et la viande. Puis il poursuit son repas. On ne distingue de lui, sous une tignasse broussailleuse, que ses yeux sombres et sa bouche immense.

À chaque fois que le berger est là, Claudine relève la tête et ses pupilles semblent s'animer. Elle s'approche du pâtre. Anton sort de sa poche un écheveau de laine de mouton qu'il pose dans les mains de la jeune fille. Elle baisse la tête et retourne s'asseoir près de la cuisinière à bois sur laquelle mijote doucement et depuis plusieurs heures un ragoût. Il flotte dans la pièce une légère odeur de feu de bois mêlée aux effluves parfumés du plat. Un mélange subtil de viande et de légumes aux accents de navets, de carottes et de poireaux. Autour de la table, on ne parle pas beaucoup. Louise, toujours debout, porte avec elle, Zénaïde. Les autres enfants mangent à table. Claudine vient à table juste pour avaler une petite assiette puis elle reprend sa place près du feu et s'amuse avec son morceau de laine. Parfois, Odette, arrive à peigner les cheveux de Claudine sans qu'elle s'agite et pousse des hurlements. Au moment du coucher, Claudine n'oublie jamais d'embrasser ses frères et sœurs.

Avec le froid qui advient, le village tout entier se recroqueville. Il semble endormi. L'hiver s'annonce. Derrière les habitations, sur les pentes abruptes de la montagne, les arbres, avant de laisser tomber leurs feuilles, prennent des couleurs chaudes de jaunes, de beige et de marrons. Les conifères droits et fiers, impassibles, attendent sagement la neige. Pour Louise et Lucien, le travail ne s'arrête jamais. Louise passe un peu plus de temps avec sa progéniture. Elle emmène Zénaïde en tous lieux. Claudine suit sa mère partout, les poches de sa blouse pleine de laine. Louise fait légèrement plus de chemin pour la traite de vaches. Les bêtes sont beaucoup plus à l'étroit et ce n'est pas facile pour Louise de circuler entre elles. La distribution du lait aux habitants du village s'effectue devant le porche de la maison. Louise rationne le foin et la paille des animaux. En revanche, le jardin a beaucoup donné cette année et la cave déborde de pomme de terre et de carotte. Louise passe au potager dès qu'elle peut, et avant la neige, pour ramasser les derniers légumes d'automne. Les morceaux de cochons salés ou fumés pendent au cellier. Les fromages de chèvre se vendent bien.

Lucien s'occupe du bois. Celui de la cheminée et celui des clôtures. Il affûte les lames de la barre de coupe de la faucheuse acquise cette année avec le tracteur. Mais il préfère le bruit du métal de la large lame de sa faux contre le grès de sa pierre à aiguiser : « la lama canta per ieu ! », « *la lame chante pour moi !* ». Il pense à la construction de sa nouvelle ferme. Il pense à l'endettement. Il grimace et frotte énergiquement la pierre sur la lame. Il pense à son fils Henri qui va bientôt revenir du collège. Il regarde sa fille Odette qui rentre de l'école et prend bien soin de Michèle et Antoine. À la tombée du jour, la famille Chomazels se retrouve dans la grande salle du logis pour partager le repas et la douce chaleur de la cuisinière à bois ; qui ronronne depuis le matin quand Louise se lève pour relancer le feu. Un mélange d'odeur, de soupe, de petit lait et de présure flotte dans toute la pièce. Sur la plaque de cuisson patiente une cocotte fumante.

À côté de l'évier en pierre reposent les fromages de chèvre du jour. Dans l'âtre, suspendu à un crochet, un jambon enveloppé dans un linge attend son heure. Un petit coin, face à la fenêtre, est débarrassé pour que les enfants fassent les devoirs du soir demandé par madame Baupillac. Claudine est assise sur sa chaise près de la cheminée. Elle balance son buste d'avant en arrière. Sa tête est penchée vers l'avant. Elle a sur les genoux un vieux pull de laine déchiré. Elle tient d'une main le chandail et de l'autre elle pince un fil qu'elle lève doucement. Quand elle a tiré suffisamment de longueurs, elle récupère le bout de fil de laine et, avec une dextérité étonnante, elle forme une pelote.

Anton fait de fréquents allers et retours entre le causse et le village. Il monte pour voir les brebis et s'assurer de la production de lait. Peu importe le temps, armé de son grand bâton, affublé de sa lourde cape et de son chapeau, il prend le chemin qui passe derrière le hameau et traverse la forêt jusqu'à déboucher sur le plateau à proximité de la localité du Falisson. Des loups, il en a entendu souvent. Des loups, il en a vu parfois. Au loin. À la fin de l'hiver, il reste sur le causse, car le travail ne manque pas pour préparer l'estive.

L'étable et la grange sortent de terre au printemps suivant. Deux immenses dalles de béton préfigurent deux bâtiments contigus. La longueur totale est d'environ cinquante mètres. La charpente de bois et de métal est rapidement montée. En quelques mois, l'édifice prend forme. Dans le village, c'est l'attraction. On vient voir l'avancée des travaux et commenter l'architecture et les matériaux. Tous les habitants ont leur avis. Les uns trouvent la structure trop légère. Ils disent : « es tròp leugièr, aguarà pas jamai ! », « *c'est trop léger, ça ne tiendra jamais !* ». Les autres considèrent que l'ensemble est hideux. L'équipement des bâtiments prend un peu plus de temps. Tout est nouveau et moderne.

Louise et Lucien semblent complètement perdus. L'étable leur paraît immense. Elle est vaste et bien aérée. Des lucarnes positionnées le long de l'édifice donnent beaucoup de lumière. L'étable contient une vingtaine de logettes pour les vaches. Dix de chaque côté d'une allée centrale en béton, légèrement surélevée, pour l'affourage. De part et d'autre des emplacements réservés aux animaux, court un étroit caniveau équipé d'un racleur qui évacue le lisier vers une fosse extérieure. Deux portes latérales offrent aux bêtes un large passage pour sortir. Un immense portail sur le pignon nord, permet également au tracteur d'amener le foin. De l'autre côté, un petit enclos au muret de béton sert à accueillir les veaux. À côté, et bien isolé du bâtiment principal, se trouve la laiterie. Elle reçoit une grande cuve en inox réfrigérée, un lavabo et un ballon d'eau chaude. Louise et Lucien n'en reviennent pas. C'est le seul endroit de la ferme aussi bien équipée.

Presque confortable. Les abreuvoirs sont automatiques. L'eau et l'air pulsés pour la traite arrivent au niveau de chaque emplacement. Toute l'électricité est moderne. Le soir venu, les néons éclairent le bâtiment comme en plein jour. Louise n'y croit toujours pas. Elle pense à cet éclairage faible et jaunâtre de l'ancienne étable. Une unique ampoule qui pendait à un fil accroché à une poutre et couvert de toiles d'araignées. Dans le prolongement de l'étable, une immense grange peut recevoir le foin et la paille. Une large porte permet le passage entre les deux édifices.

L'été touche à sa fin quand les travaux se terminent. Une grande fête d'inauguration est organisée au milieu de l'étable. Les familles de Lucien et de Louise sont réunies pour l'occasion. Tout le village est là. Même les râleurs et les grincheux sont venus. D'immenses tables sont dressées au milieu de l'étable et sur lesquelles on jette des draps blancs en guise de nappes. Les tables sont garnies de victuailles et de vin. Le cochon tué et préparé l'hiver précédent se retrouve sur les plateaux. Pendant ce temps-là, les vaches paissent tranquillement dans le pré voisin et passeront leur dernière nuit dehors. Les enfants de Louise et Lucien se sont déjà approprié le lieu et courent partout avec les autres petits du village. La laiterie et surtout l'eau chaude suscitent l'admiration de tous les convives.

Anton est descendu du causse pour participer à la fête. En entrant dans l'immense étable en tapant son bâton par terre, il hausse les épaules puis prend place sur deux bottes de foin. Odette, la deuxième fille de Louise et Lucien se précipite pour lui apporter un verre de vin rouge et rugueux qu'il avale d'un trait. Claudine ne lâche pas sa mère. Elle la suit partout. Elle n'est pas rassurée dans cet environnement différent qui sent le bois, la sciure et le béton. Elle se calme enfin quand la femme du cousin de Lucien s'approche d'elle et lui offre un vieux chandail de laine. Elle fait un léger signe de la tête et émet un petit son aiguë puis elle s'assoit sur une chaise à l'assise de paille décoiffée. Pour Louise et Lucien, une autre vie commence. Les grandes portes de l'étable, ouvertes pour l'occasion, laissent entrer la douceur de cette nuit d'été. Un voilage bleu et sombre danse dans la brise tiède et parfumée. Quand tout le village quitte la ferme, Louise, Lucien et les enfants montent à la maison. Anton ferme les portes du nouveau bâtiment et s'installe confortablement dans le parc des veaux pour y passer la nuit.

Quelques semaines après, toute l'infrastructure est prête. Les vaches attendent sagement la traite. Chacune dans leur loge, elles passent la tête vers les mangeoires. À grands coups de langue, elles attrapent et avalent du foin de l'année. Leurs encolures simplement bloquées par une chaîne. Dans l'immense bâtiment résonnent le son métallique des attaches et les respirations bruyantes des bêtes. Après avoir bien nettoyé le tank à lait, Louise met en marche le moteur à air. Elle prépare un seau d'eau tiède et y plonge un linge. Elle s'avance entre les deux premières vaches. L'espace est large. Bien plus vaste que dans l'ancienne étable. Elle pose le récipient et se penche sous les animaux pour laver les pis. Elle va chercher la longue sangle de cuir qu'elle lance sur le dos de la première vache.

Elle récupère la machine à traire et connecte le tuyau d'arrivée d'air. Puis elle accroche l'engin à la courroie sous le ventre de la bête. Comme elle l'a appris depuis plusieurs semaines, elle branche les manchons. L'animal, un peu surpris, piétine et agite sa queue. Il se calme rapidement. Pendant ce temps, Louise refait la même opération avec le second appareil. Elle doit s'y reprendre à plusieurs fois avant de trouver les bons gestes. Elle renverse un peu de lait. Les jeunes vaches ont plus de mal à s'habituer. Elles essaient, avec leurs pattes arrière, de se débarrasser de cet appendice artificiel qui tire sur leur pis. Louise avait mis du temps pour les familiariser à la traite manuelle. Pour cette première, le village est descendu voir l'opération. Dans l'allée centrale, on discute un pot à lait à la main. Le moteur ronronne et la traite se déroule bien jusqu'à la dernière vache. Louise déverse le lait encore fumant dans le conteneur froid et rutilant.

Claudine, calme, est assise au milieu de l'allée sur une botte de foin. Tête baissée, elle joue avec un morceau de ficelle de lieuse. Lucien est avec son fils Henri et décharge une nouvelle remorque de fourrage. Odette, avec un outil trop grand pour elle, racle la paille souillée et remet un peu de litière fraîche. Les deux petits, Antoine et Zénaïde, sont à la maison avec une cousine de Louise. Quand la traite est terminée, Louise remplit les pots des villageois. Les discussions durent encore un long moment puis ils repartent chez eux. Louise et Odette s'attardent un peu dans la laiterie pour nettoyer les appareils de traite avec de l'eau chaude et légèrement savonneuse. Louise vérifie la température du tank à lait, récupère

Claudine, et éteint les lumières de l'étable. Le bâtiment retrouve son calme. Seul le bruit métallique des attaches des vaches contre les montants des logettes résonne dans la nuit.

Elle remonte à la maison, suivi de près par Odette et Claudine. Elle constate que cette première traite moderne ne lui a pas fait gagner beaucoup de temps. Elle pose son pot à lait. Elle installe Claudine à côté de la cuisinière. Elle ne prend pas part à la discussion entre Lucien et sa cousine. Elle récupère le seau en inox et descend à la bergerie pour traire les chèvres. Elle remonte une heure après avec le seau rempli du lait encore fumant. Elle laisse la température du liquide baisser avant de le préparer pour la fabrication des fromages. Pendant ce temps, elle soulève le couvercle de la marmite qui mijote sur le feu et remue le contenu. Une odeur de légumes cuits, d'aromates et de jambon à l'os se diffuse dans toute la pièce. Henri et sa sœur Odette ont mis le couvert. Les petits ont déjà été nourris et s'apprêtent à aller au lit. Lucien sort son couteau. Il déplie le linge qui protège le pain puis coupe de belles tranches. Louise enlève la laine et la ficelle des mains de Claudine et la prend par le bras pour l'amener autour de la table.

L'enfant résiste et fait des mouvements de bras désordonnés. « Calma Claudine ! Calma Claudine ! », *« calme-toi, Claudine ! Calme-toi, Claudine ! »* lui dit sa mère. Louise lui attache une large serviette autour du cou. Elle récupère le faitout et le pose au milieu de la table. Elle donne une pleine assiette à Claudine qui attrape maladroitement sa cuillère et commence à manger. Louise sert les autres convives avant de remplir sa gamelle et de s'asseoir pour la première fois de la journée. La cousine de Lucien vient de coucher les petits. La discussion du soir tourne autour des nouveaux équipements. Henri et Odette sont ravis. Les bâtiments sont immenses et il y a l'eau chaude. Henri parle avec émerveillement de son père qui peut arriver au milieu des bêtes avec son tracteur. Lucien attend encore pour demain du matériel agricole. Il doit aussi rentrer deux ou trois chargements de foin. Louise lui rappelle que le vétérinaire doit venir, car deux vaches sont malades. Claudine a fini son assiette et se balance sur sa chaise d'avant en arrière tout en jouant avec de la mie de pain.

Les années passent et la famille s'agrandit encore. Dans les quatre ans qui suivent naissent Éliane, Laurence et Stéphane. La ferme prospère et se mécanise. L'étable est presque remplie. Une partie du troupeau de bovins est encore sur les pentes du mont Lozère du côté du Bleymard ; surtout les jeunes génisses et les broutards. La production de lait s'accroit doucement. Louise, comme elle l'a toujours fait, ne ménage pas sa peine. Première levée à l'aube, elle s'habille rapidement et met sa blouse. Elle prépare le petit déjeuner de la famille, avale un bol de café dans un récipient de verre jaune, puis elle descend à l'étable pour la traite du matin. Elle croise Lucien qui attèle un outil à son tracteur. À son retour à la maison, elle réveille les grands. Les filles en premier. Odette, Michèle et Zénaïde. Les trois sœurs déjeunent, font un rapide brin de toilette à l'eau froide puis s'habillent et vont s'occuper des plus petits. Éliane, Laurence et Stéphane. La demeure distribue quatre zones de couchage en deux pièces. La chambre des parents avec le lit de Claudine. Dans la même pièce, une fragile séparation marque la place des garçons, Henri et Antoine. Une seconde cloison délimite celle des petits. De l'autre côté de la grande salle, une chambre plus petite. Celles des filles. Pendant que les enfants se lèvent, se débarbouillent et s'habillent, Louise s'occupe de Claudine. Elle doit la laver, la vêtir et fréquemment changer les draps. Claudine fait régulièrement des crises violentes que Louise s'efforce de maîtriser. Les gestes incontrôlés de sa fille blessent de temps à autre Louise. Parfois, Claudine se griffe et se tape. Elle souffre de ce corps qui lui fait mal et qu'elle ne comprend pas. Louise et Lucien ne sont souvent pas trop de deux pour calmer l'enfant. Claudine vient d'avoir vingt-trois ans et elle est d'une grande force. Elle dépasse sa mère et son père d'une bonne tête.

Henri fête ses vingt ans et saura à la fin de l'année scolaire où il sera nommé pour son premier poste. Il termine ses années de formation à l'école normale d'instituteur de Mende. Lucien aurait aimé que son fils lui succède à la ferme. Mais Henri est doué pour les études et il veut enseigner. Odette a bientôt dix-neuf ans. Elle a déjà commencé un travail dans une institution qui s'occupe d'enfants orphelins de guerre. L'établissement est situé dans la vallée non loin de Lanuéjols. Elle a d'abord prévenu ses parents que pour des raisons de commodités, elle va emménager sous peu sur place. Michèle, du haut de ses douze ans, préfère la ferme au collège de la ville. Antoine, neuf ans, Zénaïde, huit ans, Éliane, six ans et Laurence, quatre ans, s'apprêtent à rejoindre l'école des Fonts, où les attend, pour quelques années encore, madame Baupillac. Il ne reste plus à la maison que Stéphane, tout juste deux ans, et Claudine. Pendant la journée, Claudine demeure avec sa mère. Louise laisse Stéphane en garde à sa cousine qui vit plus haut dans le village.

Quand la maison retrouve son calme, Louise range la grande table et fait un peu de ménage. Elle prépare le repas de midi et du soir. Elle prépare les fromages de chèvre avec le lait de la veille. Elle les dispose encore frais sur les grilles d'une cage de bois. Elle retourne ceux qui s'affinent depuis plusieurs jours. Elle met de côté le petit lait pour les cochons. Elle ajoute deux ou trois bûches dans la cuisinière à bois et attrape le seau pour la traite des chèvres. Claudine accompagne sa mère à la chèvrerie située sous le logis de la bâtisse. Une fois que le lait de chèvre est récupéré, Louise remonte à la maison pour le préparer. C'est le début du printemps et les enfants vont pouvoir lâcher les caprins dans l'après-midi. Louise et Claudine vont à l'étable et sortent les vaches dans le pré en contre bas et tout proche de la rivière. Il dispose d'une clôture et Louise peut y laisser les bêtes sans crainte. Elle referme le pâturage en bloquant l'anneau de fer sur le dernier poteau de bois. Elle repart immédiatement au potager abrité près du vieux pont pour y ramasser les légumes du jour. Dans la ferme des Fonts, la vie est rythmée par les animaux, par les saisons et par la croissance des enfants Chomazels.

Le soir, la nouvelle étable est — comme l'était l'ancienne — le lieu de rendez-vous des villageois. Quand les lumières s'allument et que le moteur du circuit d'air se met en route, c'est le signal du départ pour venir chercher son lait. Dans le bâtiment, il fait bon. L'odeur de vache et de foin se mélange à celle du lait chaud encore fumant. Installés sur des bottes de foin au milieu des animaux, les habitants du village devisent. Claudine est assise au centre du groupe. Elle traîne avec elle son sac de laine dont elle tire des fils qu'elle roule en boule et qu'elle défait aussitôt. Elle regarde le sol et ignore les personnes autour d'elle. Avec l'un de ses pieds, elle frotte le béton et éparpille des brins de foins. Elle est calme et se balance doucement d'avant en arrière. Elle réagit en émettant un ténu gémissement quand la cousine, portant dans ses bras le petit Stéphane, s'approche avec une pièce d'un vieux pull en laine. Claudine lui arrache la précieuse étoffe avant de retourner s'asseoir. Elle pose son sac à côté d'elle puis elle met délicatement la laine sur ses genoux. Ses yeux brillent. Elle attend quelques minutes pour commencer à mêler frénétiquement ses doigts aux fibres filées.

Le vacancier

Je roule depuis près de deux heures. La chaussée est détrempée et la pluie redouble. La route est déserte. Les montagnes fument et les arbres aux feuillages verts et bruns frissonnent et laissent s'écouler l'eau froide. Les essuie-glaces gémissent et claquent contre les montants à chaque mouvement. Un rythme rapide et saccadé comme celui du métronome. Je regarde furtivement le cadran de température extérieure. Il m'annonce quatre degrés. Dans l'habitacle, il fait bon. La soufflerie expire un air chaud aux fragrances de plastique. Juste après le tunnel de Montjézieu, je lis machinalement les larges panneaux indicateurs et enclenche le clignotant droit. Je ralentis la voiture et déporte le véhicule sur la voie de sortie en direction de la route de Mende. La chaussée vient d'être refaite. Elle remonte la vallée du Lot en prenant son temps.

Déjà, j'aperçois le donjon de Chanac qui émerge de la brume. Il se dresse comme un gardien immuable et fantôme, assis sur les berges de la rivière et les pieds dans l'eau, dont la carcasse résiste au temps. À partir de là, la vallée se resserre légèrement. La pluie claque de plus en plus fort sur le pare-brise. Je n'entends même plus le fond musical. La route décrit de grande courbe. Je préfère ralentir. La visibilité est presque nulle. Les montagnes qui bordent la chaussée semblent se rapprocher. Les forêts agitées descendent jusqu'au lit de la rivière. Me voici arrivé au village de Balsièges. Je prends la rue à droite et traverse le pont qui enjambe le cours d'eau. J'ai un léger pincement au cœur.

Avec toute cette pluie, impossible d'apercevoir le lion de pierre qui, du haut de son promontoire, protège l'accès à la vallée du Bramont. Il me laisse passer sans problème comme s'il me reconnaissait. L'averse se calme un peu. J'avance prudemment. L'eau traverse la chaussée en paquets mouvants et insaisissables. Elle ruisselle sur le bitume et s'évacue du côté de la combe par les petites ouvertures qui percent la balustrade de pierre. J'entrevois en contrebas le «*pré Laurent*». Un diamant de terre formé dans un méandre de la rivière. Je m'approche des Fonts. Déjà, je l'aperçois. Mon cœur se serre à nouveau. Il y a près de quinze années que je ne suis pas revenu ici. Je freine et rétrograde avant de basculer sur la route exigüe qui mène au village. Il faut traverser le pont. Je m'y engage doucement. Impossible de croiser un autre véhicule à cet endroit. Le bahut de pierres arrondies qui ornait le parapet du pont a laissé la place à une balustrade en métal. Je roule au pas. Je regarde les eaux gonflées et boueuses qui s'évacuent entre les rochers et les branchages. J'avance sur la chaussée le long du ruisseau. L'averse orageuse est passée. Les nuages sont bas et cachent les flancs de la montagne.

Le village se découvre comme une île grise au milieu d'un océan de brume. Les pierres des murs et les toits, lessivés par la pluie, n'en finissent plus de pleurer. Je vois la façade du logis de la maison Chomazels flanquée de son unique fenêtre à meneau. En face et de l'autre côté de l'allée, il y a toujours, légèrement en surplomb, le champ de pommes de terre. Dans le crissement des roues sur le chemin de galets qui longe le bâtiment, reviennent à ma mémoire des dizaines d'images et de souvenirs. Je passe devant le pignon de l'ancienne grange pour déboucher dans la cour. Il y a plusieurs voitures garées et un fourgon mortuaire couleur de jais. Un employé dévoué tente d'effacer les gouttes d'eau qui perlent sur la carrosserie et me jette un regard inexpressif. Sous le hangar, trois chiens sont venus se réfugier et aboient à mon encontre. J'arrête mon automobile. J'attrape mon manteau sur le siège arrière, j'ouvre la portière et je sors du véhicule. Je remonte et j'ajuste le col de mon pardessus après avoir refermé délicatement la voiture. Le cœur lourd et la mine triste, je me dirige vers la maison. L'air est froid et me pique le visage. Le dallage de la cour, parsemé d'herbe rase, est rendu glissant. J'avance jusqu'à la rambarde de métal. Je la saisis. Aussitôt, les mêmes tremblements de l'armature bancale me parcourent toute la main puis le bras. Comme avant. Je me hisse au niveau du palier. Je frappe doucement la grande porte du revers de mes doigts fermés. Je prends en pleine figure un mélange de senteurs oubliées enfouies au plus profond de moi.

    Le souffle fragrant de la cuisinière à bois et du plat qui mijote depuis le lever. L'effluve aigre de la présure, du petit lait et du fromage de chèvre. Les parfums du jambon et du saucisson qui s'échappent du galetas dont l'ouverture est restée mi-close. Les odeurs de café qui flottent dans l'air depuis le matin. Un bouquet de bienvenue qui me rappelle tant de choses. Je suis encore dans l'embrasure de la porte quand les têtes se tournent vers moi. Les figures sont tristes, mais derrière le masque de circonstances je vois des visages pénétrés de bonté, de reconnaissance et d'amitié.

Les regards suffisent pour que je sois identifié et admis dans la famille Chomazels. Les yeux d'habitude rieurs de Lucien sont cernés de rouge et emplis de larmes. Henri se trouve debout derrière son père une main sur son épaule. Son regard est dur et fixe la petite porte du fond de la pièce. Le passage vers la chambre de ses parents. Sa femme est posée un peu en retrait de la grande table. Odette est installée à côté de son mari entre Antoine et Zénaïde. Ces deux-là se tiennent les mains. Des larmes coulent sur leurs visages. En face, Stéphane est assis entre ces deux sœurs Éliane et Laurence. Lui est accoudé à la table, sa tête entre ses mains. Laurence se ronge furtivement les ongles. Éliane cache ses pleurs derrière ses cheveux longs et tripote un briquet entre ses doigts. Anton, immobile, a posé sa solide carcasse auprès de Lucien et regarde le sol. Je ressens une émotion lourde et épaisse. Je passe le seuil, referme la porte et je m'engage dans la grande salle, discrètement, en crabe le long du mur.

Personne ne parle. Les préparatifs de la dépouille de Louise ont commencé dans la grande chambre du logis. J'aperçois au fond, à sa place habituelle, Claudine, qui ne semble pas se rendre compte de la situation. Elle est assise sur sa chaise près de la cuisinière à bois. Elle a la tête penchée et tire doucement du bout des doigts un bout de laine qui s'échappe d'un vieux sac plastique posé sur ses genoux. Au milieu de la grande table, quelques tasses à café, un paquet de sucre en morceaux, une assiette de biscuits et puis tout au bout du plateau un cadre avec un portrait jauni de Louise. Elle est vêtue d'un chemisier à motif floral et d'un gilet de laine. Elle porte une belle brassée de bette à cardes. Comme ployée par tant d'années de labeur, elle est un peu penchée vers l'avant. Son mince cou disparaît dans l'encolure ouverte du corsage. Son visage étroit fixe le photographe. Sa chevelure courte et décoiffée, brune et épaisse propose une frange balayée de droite à gauche. Son regard enjoué, mais déterminé, est marqué par deux billes, d'un bleu profond, surmontées par d'abondants sourcils. De chaque côté de son nez serré se dessinent deux larges plis qui descendent jusqu'au menton et encadrent une bouche aux lèvres minuscules.

L'arrivée

Je devais avoir huit ans quand je suis venu dans cette vallée la première fois. Du camping, le Tivoli de Mende, je me souviens surtout de la proximité de la rivière — le Lot — et de la chaleur qui règne cet été-là. Il est situé à la sortie sud de la ville. C'est au mois d'août. Le trajet jusqu'ici avait été long. Je revois très bien la silhouette de notre Citroën « GS » jaune *primevère* tractant la caravane aux rideaux de tissus côtelés orange. Je me rappelle encore l'odeur âcre de chaud et de caoutchouc brûlé qui a envahi l'habitacle de la voiture lors de la traversée de la Truyère et la montée sous le viaduc de Garabit. Nous sommes arrivés en fin d'après-midi dans la ville de Mende.

Mes parents ont installé la caravane pour une courte durée. Seules les béquilles sont descendues. L'auvent n'est pas accroché. Une étroite tente est plantée pour moi juste à côté de la caravane. Ils sont partis à la recherche de l'endroit idéal pour quelques jours de « *camping sauvage* » en pleine nature et sans contraintes. Entre la piscine et la rivière, ce sont les vacances qui commencent. Du camping, on aperçoit le causse de Mende et sa belle couverture de pins. C'est vers la fin de l'après-midi et sous la chaleur de ce premier jour de villégiatures que nous arrivons en vue du village des Fonts. La voiture et son attelage, enjambent le vieux pont et s'arrêtent quelques mètres plus bas le long de la clôture ouverte, d'un champ fraîchement fané, qui descend en pente douce vers la rivière. Installé dans l'automobile, je regarde par la fenêtre baissée. Juste après l'entrée de la prairie, il y a deux immenses fils à linge tendus autour desquels s'affairent trois femmes. Elles étendent une collection impressionnante de draps. L'une des trois est un peu en retrait et, assise sur un bloc de pierre, se balance d'avant en arrière. Une jeune fille vient à notre rencontre. Elle discute avec les parents. Je ne peux pas entendre ce qui se dit, mais elle se retourne vers la femme la plus âgée qui apparaît par intermittence entre les parures qui flottent et s'agitent dans la brise légère. Surprise par la requête singulière de mes parents, elle crie avec un accent chanté : « Maamaaan ! Y'a des gens qui demandent pour campeer ! ». La mère repose dans le panier d'osier le drap et s'approche en marmonnant quelques mots incompréhensibles : « que vòlon aqueles Parisencs ! Sèm pas un camping ! », *qu'est-ce qu'ils veulent ces Parisiens ! Nous ne sommes pas un camping !* ».

À hauteur de sa fille et de mes parents, elle esquisse un sourire crispé et interrogatif qui creuse le contour de sa bouche et laisse entrevoir une dentition abîmée. Elle porte une blouse aux minuscules motifs fleuris violets qui s'arrête en dessous des genoux. Ses jambes sont bandées. Ses souliers sont usés. Elle reprend doucement : « Il n'y a pas de camping ici ! Et pas de point d'eau ! Vous resteriez combien de temps ? Mon mari est au champ ! Il ne va pas tarder ! ». Pendant qu'elle parle aux parents, la troisième femme s'est approchée. Elle regarde tout le temps vers la terre et traîne un morceau de laine qui s'échappe d'un sac plastique. Elle est adossée au poteau du fil à linge. Je n'arrive pas à lui donner un âge. Elle me semble *différente*. Je suppose que la femme plus vieille est sa mère. Elle la dépasse d'une bonne tête. Elle est vêtue de la même blouse. Son visage massif est fermé et inexpressif. Elle fixe le sol et triture la pelote de laine. Je peux apercevoir ses grands yeux marron.

      Elle porte des cheveux noirs et courts. Ils sont légèrement crêpés. La jeune femme, tout sourire, est beaucoup plus enthousiaste et propose à sa mère que nous nous implantions dans ce champ au côté de l'eau. Le « *champ rousse* ». La vieille dame acquiesce avec une petite grimace et repart étendre son linge. Elle chuchote : « Aqueles Parisencs an d'idèas estranhas ! », « *ces Parisiens ont de drôles d'idées !* ». Après quelques manœuvres habiles, le convoi se range le long des arbres au bord de la rivière. L'installation du campement commence. Déjà, je joue dans l'eau fraîche et remuante. Le soleil disparaît derrière la montagne quand l'auvent est fixé à la glissière de la caravane. Je suis près du pont à profiter encore de la chaleur du jour et à jeter des cailloux dans le torrent. Je suis fasciné par les ondulations et les ronds dans l'eau. Je regarde vers les arches de pierre.

      Je vois traverser un tracteur qui s'arrête au milieu de l'ouvrage. Au volant, il y a un jeune homme. Sur le siège passager, il y en a un autre beaucoup plus âgé. Il se redresse et brandit une canne. Il l'agite dans tous les sens en vociférant. De là où je suis, je n'entends que le bruit du torrent. Le bruit clair de l'eau qui serpente entre les rochers ou le battement violent des flots qui s'écrase sur les blocs de pierre. L'engin poursuit sa course. De l'autre côté du pont, il bifurque complètement, longe les fils à linge et pénètre dans le champ ; le « *champ rousse* » ; où nous venons de nous installer. Le passager du tracteur semble vraiment en colère et dessine avec son bâton de larges cercles. Je vois qu'il se trame quelque chose. Je sors de la rivière et suis les frênes et les aulnes jusqu'à la caravane. Le tracteur s'arrête à quelques mètres du campement. Le jeune conducteur reste au volant et son compagnon plus âgé se dresse sur ses jambes. Il se tient debout sur la petite plate-forme entre le siège du chauffeur et les grandes roues de l'engin agricole. Il semble quelque peu énervé.

Il interpelle durement les parents dans un flux de propos ininterrompu maquillé d'un accent rural et méridional. « Que faites-vous ici ! Qui vous a autorisé à vous installer là ? D'où venez-vous ? Vous êtes des romanichels ! Vous êtes sur une propriété privée ! Ce n'est pas un camping ici ! Vous devez partir ! Qu'est-ce que c'est que cette histoire ! Pas de ça ici ! ». Il aurait pu continuer ainsi pendant des heures, mais le jeune chauffeur lui coupe gentiment la parole. Avec une voix calme et posée, il questionne les parents. Le vieil homme se rassoit sur le siège de métal installé sur la grosse roue du tracteur et mâchouille des injures en lozérien. Je regarde la scène avec inquiétude et la bouche grande ouverte. Le jeune homme au visage légèrement ovale a des cheveux mi-longs qui lui masquent la nuque. Il a la peau marquée par le soleil. Ses yeux en amande marron et ses lèvres fines et larges lui donnent une allure badine. Il porte une veste de treillis, un jean usé et des bottines de cuir aux semelles épaisses. Il ressemble beaucoup à son passager. Lui est d'une corpulence chétive. Il a un visage rond, une petite bouche encadrée par de beaux sillons nasogéniens qui descendent jusqu'au menton. Modeste, elle est surmontée d'un nez droit et de minuscules yeux comme des billes qui lui confère un air malicieux. Quand il braille, on entrevoit sa denture abîmée. Un béret vissé sur la tête masque les quelques cheveux qui lui restent. Il est habillé d'un pull à col roulé avec une veste de sport par-dessus. Il porte un pantalon de toile épaisse au motif écossais et de gros souliers noirs. L'un des deux est plus important que l'autre. Il a des mains larges et solides. Ses ongles sont sales et longs.

Je suis inquiet. L'endroit paraît pourtant idéal pour passer de bonnes vacances. Je ne rappelle pas de la discussion qui suivit entre mes parents et Lucien, le père Chomazels, mais elle m'a semblé interminable. Même le soleil en a assez et disparaît derrière la montagne. Au bout d'un moment sans fin, Lucien visse sa casquette sur son crâne et le tracteur démarre et se dirige vers l'entrée du champ. Les affaires sont jetées dans la caravane et l'auvent démonté. Nous embarquons tous dans la voiture une fois celle-ci attelée à la caravane. Nous repartons. L'automobile vrombit, patine et chauffe quand elle essaie, dans l'herbe fraîche, de gravir la pente qui mène à l'entrée de la parcelle près du pont. J'ai baissé la vitre et, penché au-dehors, je fixe les pneus qui laissent des traces dans la prairie et s'éloignent de la rivière. Je sens la douceur d'un soir d'été qui embrasse mon visage. « Les vacances sont-elles finies ? » m'interrogé-je. La voiture et la caravane se calent derrière le tracteur. Le convoi repart au pas du village des Fonts.

Il traverse à nouveau le vieux pont et reprend la route vers le village de Balsièges qui verrouille la vallée. Mais quelques centaines de mètres après, dans la courbe d'un long virage, le tracteur se déporte légèrement sur la gauche et s'engage sur un chemin de terre cabossé et très pentu. La voiture s'y avance à son tour. Je sens le poids de la caravane qui pousse derrière. Dans l'habitacle, les secousses s'intensifient. Papa actionne la manette de correction de hauteur et la bloque au niveau maximum. L'effet est immédiat et le véhicule se soulève doucement. Je n'entends plus que le craquement des cailloux sous les pneus et le grincement de l'attelage. Devant le tracteur accélère. Une bouffée noir et gris s'échappe sous le ventre de la machine. Peu à peu, l'allée délaisse les pierres pour deux bandes de terres de part et d'autre d'un talus herbeux, qui longe un champ de luzerne fraîchement fauché. Je sens son parfum léger, doux, quoiqu'un peu acide, qui se mélange à une odeur de terre mouillée. Comme le petrichor qui monte au nez juste après l'orage. Le fourrage coupé et séché lentement au soleil de l'après-midi exhale au soir un parfum léger, doux et un peu acide.

Le tracteur quitte les traces du chemin et suis la bordure arborée du pré, puis, il s'arrête à la hauteur d'un amas de gravats. J'aperçois des morceaux de colonnes bétonnées d'où s'échappent des fers tordus. Lucien demande à son fils Antoine d'opérer un demi-tour et de se garer dans le champ. Assis sur son siège d'acier et d'un mouvement précis de canne, il indique à papa l'emplacement qu'il a choisi. La voiture s'arrête. J'entends le bruit de la rivière. J'ouvre la portière et me précipite à l'extérieur. Je longe des colonnes écroulées et me dirige vers le cours d'eau. Dans le soir couchant, le Bramont se fraie un passage au milieu de la roche grise et froide et laisse s'écouler ses eaux sombres et impatientes. Entre les hautes herbes, je suis les traces d'un chemin de pêcheur et je me faufile jusqu'à une petite plage de gravier. Je sens l'air frais de la rivière sur ma peau. Je ramasse des galets plats et je les lance un par un dans l'espoir de faire des ricochets.

Quand je reviens dans le champ, la caravane est placée et calée. Lucien et Antoine sont remontés sur le tracteur orange au front bombé d'où sortent sur les côtés deux grands yeux globuleux. Une grille serrée forme la bouche et un ensemble de contrepoids fixé à l'avant, l'habille d'une courte barbiche. Avec un accent très prononcé que j'ai du mal à comprendre et un beau sourire édenté, Lucien Chomazels nous invite à passer plus tard chercher le lait à l'étable. Puis le tracteur s'ébranle et repart sur le chemin.

Il est temps d'installer vraiment le campement. La tente est montée rapidement. Le duvet est déroulé et couché. Les jeux et les lampes les accompagnent. Je reste un moment allongé sous la toile. La lumière du jour décline et le tissu de coton en filtre l'intensité pour la rendre douce et chaude. Je plonge mon visage dans le moelleux du duvet pour en sentir l'odeur agréable. Celle du camping. Même la toile de tente diffuse ce parfum de vacances et de liberté. Des effluves de coton, de paille et d'herbe sèche. L'auvent de la caravane est accroché et fixé au sol avec de larges piquets. Les tables et les sièges sont dépliés. La gazinière portable est placée et branchée. Le chemin de pêcheur est débroussaillé pour accéder plus facilement à la rivière. Un autre est ouvert pour parvenir aux feuillets. Un simple trou de quelques dizaines de centimètres de profondeur. Les jerricans d'eau potable sont glissés sous la caravane. Une fois les valises et les sacs de vêtements défaits et répartis entre la tente et la caravane, les vacances commencent. La voiture est détachée de sa maison roulante. Le bruit de la rivière accompagne le premier dîner dans le « *pré Laurent* ».

    La vaisselle plastique orange rivalise avec la couleur des rideaux de la caravane. Un écrin de culture d'un vert jauni au soleil de l'été, lové dans un méandre du Bramont en forme de pierre précieuse. La nuit est presque tombée quand nous partons en direction du village des Fonts et de l'étable des Chomazels. Les lampes de poche sont allumées. D'étroites boîtes métalliques dans lesquelles on glisse des piles plates avec des languettes de cuivres et qui se ferment par une minuscule attache en fer blanc. Le drôle de petit cortège, composé de mes parents et de moi, progresse rapidement sur le petit kilomètre qui nous sépare de la ferme. Je m'attarde un moment sur le pont de pierre qui enjambe la rivière. L'eau bruyante scintille dans la clarté du lampadaire. Les blocs moussus du parapet sont encore tièdes de la chaleur de la journée. Autour de la source de lumière, des insectes s'épuisent dans des danses folles et endiablées. Après le pont, la petite route suit le ruisseau et pénètre dans le village. La façade de la maison des Chomazels est imposante. Je la longe sur quelques mètres sur un chemin de galets grossiers puis je rentre dans la cour. Une odeur forte de fumier me pique le nez. La fosse est au bout de l'allée et borde l'étable. Un tas d'une belle hauteur, fumant et nauséabond, dépasse les murets de béton. Un liquide marron et jaune se répand sur le côté du passage. Avec mes sandales d'été, je prends d'infinies précautions pour ne pas marcher dans le fluide dégoûtant. Trois chiens m'accueillent en aboyant. Ils sont surpris et curieux. Un bruit lancinant de moteur semble provenir du hangar. J'aperçois une lumière blanche et vive tout le long de l'étable juste en dessous du toit. Je suis mes parents de quelques mètres et me dirige vers la porte ouverte du bâtiment. Celle de la laiterie.

Dans cette petite pièce, éclairée par un néon orange fatigué, je distingue d'abord une immense cuve en inox. Le couvercle est relevé. Une longue tige y est fixée. Elle porte à son extrémité deux larges pales. Je m'approche plus près. Je peux apercevoir un lac blanc et moussu. Une odeur de lait frais vient me flatter les narines. Un évier profond, une glace, un tuyau enroulé, deux seaux verts empilés et une armoire vitrée complètent l'endroit. Deux portes ouvertes donnent accès à la grange. L'une permet un passage derrière les vaches. L'autre mène au milieu de l'étable entre les deux rangées d'animaux. En me glissant devant la première, je distingue l'arrière des bêtes. Un ballet désordonné de queues s'agitant sans cesse. Je préfère tenter la seconde porte pour entrer dans le bâtiment. Je prends une bouffée de chaleur puis un mélange d'odeur de foins, de vaches, de farine et de noisettes. Je plisse les yeux. La lumière blanche est vive et contraste avec la laiterie. Sur le côté droit, il y a un accès avec la grange. Le long du mur sont entreposés de gros sacs de papier. L'un deux est ouvert et laisse entrevoir des granulés bruns. Plus loin se trouve un appareil ressemblant à un moulin à café géant. Il est coiffé d'un immense entonnoir. Il est relié à un moteur par une courroie épaisse. Le tout est couvert d'une pellicule pâle et fine. En face de la porte, du côté opposé du bâtiment, je peux observer un modeste enclos tapissé de paille d'où proviennent des beuglements hésitants. Ceux des veaux.

Je me précipite contre le muret pour les voir. À l'intérieur, il y en a deux. L'un est tacheté crème et marron. Il a des bouclettes sur le dessus du crâne. Le second est complètement gris. Sauf son nez d'un blanc immaculé. Une jeune fille se tient à côté de lui. Elle bloque d'une main la tête de l'animal et de l'autre, elle soulève une bouteille de verre surmontée d'une tétine que le veau a presque engloutie entièrement. Il donne des coups de museau réguliers et agite frénétiquement les oreilles et la queue. La jeune fille contient les assauts de la bête d'une main ferme. Elle lève les yeux dans ma direction. Elle ressemble beaucoup à l'homme du tracteur. Elle a des cheveux bruns, légèrement ondulés qui descendent jusqu'aux épaules. Son visage est fin et étroit. Ses deux pupilles vertes l'illuminent. Elle a de jolies tâches de douceur sur ses joues, autour de sa bouche menue et sur son nez délicatement retroussé. Elle porte un vieux pull de laine gris aux manches trouées sur un chemisier bleu, un jean délavé à pattes d'éléphant et des bottines de cuir. Quelques brins de paille s'accrochent à ses mèches et à son vieux tricot.

— Tu dois être le petit vacancier, sourit-elle.
— Oui, dis-je timidement.
— Je m'appelle Laurence, poursuit-elle. Celui-là s'appelle Banjo, reprend-elle en me désignant le veau.
— Et... et l'autre ? Le petit. Celui qui est tacheté.
— L'autre c'est Bulle. Il n'a pas encore mangé. Regarde-le. Il est impatient, rigole-t-elle. Tu peux aller voir les vaches si tu veux. Avance. N'aie pas peur.

Je lâche le muret de béton et m'approche plus avant dans l'étable. J'entends le bruit continu et lancinant du moteur à air. Toutes les bêtes sont debout. Elle balance leur tête et arrache avec leur langue râpeuse des poignées de foins. Les attaches métalliques qui les retiennent dans les logettes cognent sans cesse les montants. Je perçois également le murmure de l'eau sous pression dans les tuyaux. Le liquide jailli des abreuvoirs quand les museaux des vaches s'y appuient.

Je m'avance au milieu de l'étable. À peine plus loin sur la plate-forme se tient un autre garçon, qui ressemble, à s'y méprendre, à celui aperçu sur le tracteur. Il semble plus jeune encore, mais manie avec aisance et dextérité une fourche. Il doit avoir un peu plus de dix ans. Il alimente les mangeoires. En dehors de la ferme à proximité de notre habitation habituelle et dans laquelle je vais régulièrement chercher le lait, je n'avais pas approché d'aussi près des vaches. Je peux sentir leur souffle. Je pense au pot à lait de la maison. Celui en aluminium avec sa poignée de bois et sa chaînette qui maintient le couvercle. Il est tellement cabossé qu'il a du mal à rester droit quand on le pose. Je souris intérieurement à l'évocation du jeu que je pratique souvent en revenant « du lait ». Il suffit de faire de grand mouvement circulaire du bras qui tient la poignée de bois du pot. Il faut que l'action des membres supérieurs soit extrêmement rapide pour que le précieux contenu ne finisse pas sur la route.

Au milieu du terreplein sont entreposées des bottes de foin. Sur l'une d'elles est assise la femme que j'avais aperçue plus tôt dans la journée près du fil à linge. Elle a bien un air de famille avec les autres personnes que j'ai déjà croisé, mais elle est plus âgée et m'apparaît toujours *différente*. Solitaire et absente. La tête penchée sur le béton couvert de foin, elle joue avec un morceau de ficelle. Le jeune homme à la fourche s'approche. Il se plante avec fierté et défiance juste devant moi. D'un geste habile, il renverse son outil. Il a les jambes légèrement écartées. Il met sa main libre sur sa hanche et, avec l'autre, pose le manche de bois sur le sol du hangar.

— Bonsoir le « *parisien* ». Moi, c'est Stéphane. Elle, là-bas c'est ma grande sœur, Claudine. Elle ne parle pas. Et toi tu viens d'où ? T'es en vacances. Mouais. Un vacancier, grimace-t-il.

En le regardant de plus près, je juge qu'il doit avoir quelques années de plus que moi. Il n'est pas très grand. Je crois voir son frère en miniature tellement il se ressemble ; celui du tracteur. Il est maigre. La seule différence notable est une incisive supérieure proéminente qui dépasse de sa bouche et recouvre légèrement sa lèvre inférieure. Je m'approche.

> — Moi. C'est Michel, dis-je timidement. On est en vacances et l'on fait du « *camping sauvage* », affirmé-je.

Stéphane éclate de rire tout en continuant à nourrir les vaches en maniant avec dextérité la fourche pour pousser un foin sec et odorant dans les mangeoires.

> — Du camping ? Oui ! À la mer ! Là-bas à Montpellier. « S*auvage* » ? s'interroge-t-il. Salvatge ! Salvatge ! *Sauvage ! Sauvage !* Qui sont les sauvages ? pouffe-t-il. Moi, je ne suis jamais allé en vacances. Le travail. Les animaux et la ferme. Tout ça. Une fois, j'ai campé avec mon frère au lac de Charpal. Il paraît que vous êtes installé au « *pré Laurent* » près de la rivière ? C'est bien. J'irais voir. Peux-tu me ramener les deux bottes de foin qui sont au bout ? m'indique-t-il d'un coup de menton.

Je m'exécute sans poser de questions. Je me dirige prestement vers le fond de l'étable. J'attrape la ficelle de lieuse d'une main et tente de hisser le ballot de fourrage. Je tire de toutes mes forces. La corde me cisaille les doigts et j'arrive à peine à soulever le bloc d'herbe sèche. Le paquet est large et lourd. Les tiges et les feuilles rudes me griffent les jambes. En tant que « *vacancier parisien* », je me devais de porter des sandales ouvertes et une culotte courte. Sans montrer le moindre signe de faiblesse, je serre les dents et présente un visage détendu. Je bous intérieurement. Quelques gouttes de sueur perlent sur mon front. Dans un dernier effort, j'arrive à destination à petits pas et me débarrasse brutalement de ma charge. Je contemple la peau de mes doigts rouges et marqués puis je repars chercher l'autre botte. Le chemin me paraît plus facile, mais le résultat est le même que lors du précédent voyage. Stéphane ne semble pas se préoccuper de moi et continue sa tâche.

Seule, Claudine me regarde bizarrement. Tout en jouant avec son bout de ficelle, elle me fixe avec ses grands yeux sombres. Elle passe sans cesse entre ses mains la cordelette. Je suis gêné par ce regard insistant. Je ne peux m'empêcher de contempler le duvet noir qui colonise son le repli en forme de gouttière qui relie la base du nez et la lèvre supérieure. Stéphane revient à ma hauteur. Il plante la fourche sur une botte de foin. Il s'approche de sa sœur tout doucement par-derrière et lui attrape les deux épaules. Elle ne le voit pas venir, car elle est concentrée sur le jeu de ses mains et sur mon visage. Au moment où il appose ses mains sur elle, elle se raidit d'un coup. Elle lâche son brin de ficelle et se met à gesticuler dans tous les sens. Elle accompagne ses mouvements erratiques par des gémissements et des cris. Je me recule d'un pas, effrayé.

Avec cette agitation soudaine, les vaches remontent un peu leur museau. Entre deux animaux, madame Chomazels relève la tête. Elle dépasse à peine leurs dos. De l'autre côté, près de la laiterie, mes parents et monsieur Chomazels, en pleine discussion, s'arrêtent d'un coup. Les regards se tournent vers nous. Lucien soulève sa casquette, se frappe la cuisse et hurle.

> — Stéphane, « *branlipette* » ! Va ! Arrête tes conneries ! Laisse ta sœur tranquille !

Louise fait la grimace et crie.

> — Quita ta merda ! Daissa ta sòrre ! Va trapar la farina ! *Arrête tes conneries ! Laisse ta sœur ! Va chercher la farine !* Claudine ! Tout va bien ! Calme-toi !

Louise me toise et ses yeux sourient.

> — Vient mon garçon. Ne te laisse pas impressionner. Il l'a fait exprès.

Je m'approche de Louise sans quitter Claudine des yeux. Elle se rassoit doucement, encore tremblante, sur ses ballots de fourrages. Elle se balance d'avant en arrière et regarde ses pieds. Elle frotte ses petites chaussures de toile sur les brindilles de foin éparpillées. Stéphane, l'air bête, prend deux seaux de plastique vert et gagne le fond de l'étable près du moulin. Au passage devant sa sœur, il reçoit une belle claque sur la cuisse. Le garçon penaud part en se frottant la jambe et Claudine se replonge dans ses manies. Louise, toujours entre deux vaches, regarde la scène amusée puis elle se tourne vers moi.

— Tu peux approcher des vaches, tu sais. Elles ne sont pas méchantes. Méfie-toi seulement des deux du fond. Elles ont un sacré caractère et donnent des coups de tête. Mais n'aie pas peur. Viens. Celle-là, avec les cornes de travers. C'est Capucine ! Elle est très gentille.

Prudent, je m'avance de quelques centimètres vers les logettes d'où ressort la tête des vaches jusqu'à ce que la pointe de mes chaussures dépasse un peu la mangeoire. Je n'ai jamais vu ces animaux d'aussi près. Je peux sentir le souffle chaud qui s'échappe de leurs naseaux. Je peux les sentir mâcher le foin. Je perçois le mouvement de leurs dents. Téméraire, je tends la main vers Capucine. Elle a les narines noires et le museau blanc. Son pelage est cendré. Ses grands yeux sombres lui donnent un air triste. Ils clignent sans cesse pour chasser les mouches. Son front est d'un gris plus clair et les poils de son chignon sont balayés vers la droite. Sa corne gauche part horizontalement avant de remonter brutalement vers le haut. L'autre descend complètement.

J'avance ma main pour lui caresser le chanfrein. Je suis juste à quelques centimètres quand elle relève la tête et, bouche ouverte, m'attrape la main d'un coup de langue râpeuse. La sensation est surprenante. Elle enveloppe mes doigts. Il y a un côté rugueux et un autre doux et humide. Elle relâche sa prise presque immédiatement et balance discrètement le nez vers moi en agitant ses oreilles aux poils gris et noir. Elle passe sa langue sur son museau et dans ses deux narines. Je suis un peu hésitant devant cette grosse tête cornée, mais comme l'animal semble calme je m'approche à peine plus et pose ma main sur son front. Fier de ma posture à proximité de Capucine, je contemple très attentivement le travail de Louise Chomazels pour récupérer le lait des vaches. Je suis fasciné. Elle branche, avec une grande facilité, deux machines à traire. Je vois le lait qui, aspiré, par l'engin, passe dans un petit tuyau transparent pour finir dans un large réceptacle en inox attaché en suspension sous le ventre des bêtes. Louise me regarde.

— Comment t'appelles-tu, mon garçon ? dit-elle doucement en me sortant de mes pensées. Moi, je suis Louise Chomazels.
— Je... je m'appelle... Michel.
— Alors Michel ? Tu n'as jamais vu de vaches d'aussi près. Hein ? Viens par ici. Tu fais le tour et tu me rejoins derrière les vaches.
— Ah ? Oui... oui. D'accord.

Je reviens dans l'allée centrale, passe devant Claudine. Elle a retrouvé son calme et, assise sur sa botte de foin, elle triture un bout de laine. Elle ne me remarque même pas. Son regard figé, fixe le sol. Je double Stéphane qui porte deux lourds seaux remplis de farine. Arrivé au bout de l'étable, je longe la grande porte. Je passe à la hauteur des deux bêtes belliqueuses en prenant soin de me décaler au maximum. Occupées à manger du foin, elles ne semblent pas me voir. Derrière les animaux, l'odeur de vache et de fumier est plus forte et me fait grimacer. Si le caniveau récupère l'essentiel des déjections, il en subsiste des traces un peu partout. Jusqu'aux parois du bâtiment. Avec mes sandales, je prends le plus grand soin d'éviter les bouses. Avec mon regard de « *vacancier* », je trouve les cuisses et les queues des bovins très sales. J'arrive près de Louise Chomazels. Elle débranche l'une des machines et soulève péniblement le seau rempli du précieux liquide. Elle enjambe le caniveau et pose le récipient aux côtés d'un bidon plus haut en inox. Tout en me dévisageant, elle verse le lait de la seille de métal dans le conteneur.

> — Je branche la « *Clochette* » et tu me donneras un coup de main pour porter le bidon. Tu es d'accord ?
> — Ah ? Oui... oui. Si vous voulez, dis-je avec hésitation.

Louise, penchée au-dessus du bidon, arbore un large sourire qui laisse entrevoir sa dentition esquintée. Elle accroche les manchons au pot à lait, prend le tissu humide dans un seau fumant, puis tapote la hanche d'une vache pour se libérer un passage. Celle-ci balance vigoureusement sa queue que Louise évite avec agilité. Elle jette la sangle sur le dos de l'animal et suspend l'appareil. Elle nettoie les pis avec l'étoffe mouillée puis elle les branche à la machine. Cela génère un court bruit d'aspiration. De mon poste d'observation je n'en perds pas une miette. La petite musique des deux machines en parallèle ressemble à celle de deux maracas agitées en rythme. Louise pousse les deux vaches pour revenir dans le couloir.

> — Allez. On y va. Aide-moi ! m'ordonne-t-elle gentiment.

Elle saisit l'une des deux anses du bidon. Je m'approche et attrape maladroitement la poignée froide. Je ne me rendais pas compte du poids du contenant jusqu'à ce que j'essaie de le soulever. L'air de rien, je contracte mes muscles du bras et des épaules pour lever le lourd récipient. Louise marche doucement pour me laisser le temps d'avancer. Je fais celui qui ne force pas, mais j'ai beaucoup de mal à relever la charge tout en évitant les déjections des animaux qui jalonne le chemin jusqu'à la laiterie. À quelques mètres de la ligne d'arrivée et pour ne pas lâcher prise, je mets le pied directement dans la bouse. Je manque de tout lâcher, mais je me ravise et je fixe mon autre main sur la poignée pour rendre plus facile le portage. Je sais que Louise a vu mon pas maladroit. Elle ne dit rien jusqu'à ce qu'on parvienne à côté du tank à lait. Je pose avec soulagement le bidon. Tout de suite, je regarde mes pieds. Louise semble ennuyée.

> — Ne t'inquiète pas. On verse le lait dans le tank et tu pourras laver ton pied et ta chaussure au robinet, dit-elle d'un ton rassurant.
> — Ce n'est pas grave, assuré-je en me tordant la bouche.

Louise ouvre le couvercle de la cuve. La pale tourne encore. Je me penche au-dessus du réservoir. Il est rempli au trois-quarts. Le lait blanc, frais et moussu dégage une odeur de frais. Louise et moi agrippons le bidon par les oreilles et dans un dernier effort, pour moi, nous le hissons pour appuyer son encolure sur le rebord de la citerne. Louise soulève alors la base du récipient et le bascule d'un coup. Je fixe du regard la langue de lait chaud, épais, encore fumant, qui descend dans la cuve. Louise repose le bidon à terre et referme le couvercle. Elle me montre l'évier et le robinet. Je tourne la poignée et passe ma chaussure ouverte sous le jet d'eau en prenant garde que toute trace de saleté ait disparu. Une fois l'opération de nettoyage effectuée, je repars dans l'étable. Soulagé, mais avec un pied sec et l'autre mouillé. Je n'aime pas du tout cette sensation de mon pied au contact d'une sandale imbibée.

Pendant ce temps, le hangar s'est animé. Des villageois sont venus chercher leur lait. Personne ne semble pressé. On débat de tout et de rien, un pot à lait à la main. La discussion du soir porte sur les nouveaux venus qui campent non loin de là. Quand la traite touche à sa fin, Laurence et Stéphane mènent Claudine à la maison. Louise range le matériel de traite puis remet un peu de litière derrière ses vaches. Lucien invite mes parents à monter dans la maison pour « *souper* » avec toute la famille. Mes parents lui expliquent qu'ils ont déjà mangé. Lucien insiste. Je suis le mouvement. Accompagnée par les chiens, la petite troupe grimpe jusqu'à la résidence des Chomazels. Seule, Louise reste dans l'étable pour terminer le travail. Il est fort tard quand les lumières du bâtiment s'éteignent et que les animaux retrouvent leur calme. J'entends à peine les beuglements des deux veaux éloignés de leur mère.

Dans la maison, autour de la grande table, toute la famille Chomazels entame le dîner. La vaste pièce est faiblement éclairée. Deux tubes à néons recouverts de crasse tentent de donner un peu de clarté. Au fond, au-dessus de l'évier, une modeste applique diffuse un petit complément de lumière. Deux attrape-mouches à ruban descendent du plafond. Ils ont fait le plein. Les places encore libres sont rares. C'est la première fois que j'en vois d'aussi prêts. Je regarde le sol. Il est composé de lourdes dalles de pierres sombres tapissées de sciure. Autour de la grande table en bois recouvert d'une toile cirée à dominante jaune et aux motifs fleuris, un ensemble hétéroclite de chaises en bois et en métal.

Une place est rapidement faite pour les invités. La vaisselle est en verre fumé teinté ambre ou vert. Au milieu de la table, un dessous de plat pliable en fer. Sur la cuisinière, un gros faitout patiente. Il respire. Son couvercle se soulève de temps à autre et expire un peu de vapeur et un bouquet d'odeurs de légumes, de viande bouillie et d'aromates. À côté, une large poêle de cuisson, noire et grasse, déborde de pommes de terre dorées, exhalant un parfum d'huile chaude. Je reconnais Laurence et Stéphane. Lucien s'installe au bout de la table sur un siège un peu surélevé pour soulager sa hanche, il accroche sa canne au dossier, et il sort de sa poche son couteau qu'il pose à côté de son assiette.

J'aperçois également Claudine et Zénaïde que j'avais remarquées étendant du linge avec Louise. Aux côtés de son père, Antoine s'emploie à couper d'épaisses tranches de pain. Zénaïde met la marmite sur la table et ôte le couvercle. Elle prend l'écuelle de sa sœur aînée et la remplit largement. Elle noue autour du cou de Claudine une serviette à carreau pendant que celle-ci saisit avec le poing le manche d'une cuillère. Sans s'occuper de ce qui se passe près d'elle, elle entreprend de manger avec frénésie.

Lucien nous invite chaleureusement à les rejoindre autour de la table. Il déplie son couteau. J'entends le claquement bref et métallique de la lame qui se bloque sur la poignée. Il attrape le jambon posé devant lui et commence la découpe. Avec une main ferme, il tient le pied et de l'autre il coupe des parts avec une facilité remarquable. Je fais le tour de la pièce et m'installe près de Claudine à une place libre. Louise entre dans la maison à son tour. Elle porte un bidon de lait qu'elle range au fond à côté de l'évier. Elle se passe ses doigts sous le robinet, s'essuie les mains et vient s'asseoir à la table, juste devant la cuisinière, entre ses deux filles Claudine et Zénaïde.

— Zénaïde ! Tu as fait la traite des chèvres ce soir ?
— Oui, maman. On l'a fait avec Éliane. On a préparé le lait et le présure. On a mis le petit lait d'hier dans un seau pour les cochons.
— Lucien, il faut appeler le vétérinaire « *Clarabelle* » est en chaleur. Antoine, tu pourras me réserver la paille et le fourrage demain matin ? Il me manque aussi un peu de farine et de tourteau. Tu t'en occupes ?
— Oui. M'man, assure Antoine.
— Demain, il faut retourner le « *pré bas* » et couper le pré de luzerne de « *Cenaret* », intervient Lucien.
— Oui. P'pa, reprennent en cœur Stéphane et Antoine.
— Alors le petit vacancier ? Tu n'as pas faim ? reprend Louise en souriant.

— ... eh bien ? Heu. On a déjà dîné, dis-je en regardant avec un air dubitatif mes parents et mon assiette remplie de pommes de terre et de viande.
— Il faut prendre des forces pour travailler à la ferme, ironise Louise. De la viande et des légumes d'ici, poursuit-elle fièrement.

Toute la tablée se met à rire. Sauf Claudine et moi. Je baisse la tête vers ma gamelle, prends ma fourchette et pique un morceau de patate. Claudine a fini son assiette depuis longtemps et joue sur la toile cirée avec les miettes. Elle fait de petits tas et prends un à un les fragments pour les couper encore plus finement. Je suis impressionné par son travail de précision. Je peux voir son visage de près. Je n'arrive pas à lui donner d'âge. Elle a une figure massive et carrée. Ses cheveux noirs sont courts. Elle a de grands yeux sombres et ronds, mais le regard perdu.

La discussion s'anime. Lucien veut tout savoir sur nous. D'où l'on vient et les métiers qu'exercent mes parents ? Ils sont souvent obligés de faire répéter Lucien, car ils ne parviennent pas à le comprendre. Son accent est très prononcé et il incorpore à son discours des mots du langage d'ici. C'est Antoine qui fait office de traducteur. De leur côté, la famille Chomazels se moque de notre inflexion « *pointue* » dite « *parisienne* ». Pendant ce temps-là, j'essaie de finir mon assiette. Mais quand arrivent les fromages de chèvre, je trouve suffisamment d'appétit pour les goûter. Les plus frais et les demis secs sont un véritable régal. Ils sont fondants et légèrement salés.

Ils sont fruités avec des arômes de noisettes. Je crois en avoir mangé un en entier.

Il est très tard quand nous rentrons au campement. L'air est doux. Il est plus froid au moment où on longe le ruisseau et lorsqu'on traverse le pont du Bramont. Dans le pré, je sens l'odeur forte de foin séché. Arrivé devant ma tente, j'en remonte la fermeture éclair. Je défais les sangles de mes sandales et je les enlève pour les poser sous le double toit. J'installe ma lampe au fond et je referme la tente. Je me déshabille et enfile mon pyjama. Mes vêtements sentent la ferme. Je rentre dans mon duvet, éteins la veilleuse et ferme les yeux.

Stéphane

La grande salle entièrement rénovée est bien mieux éclairée que jadis. Les larges dalles sombres ont été recouvertes par un carrelage commun gris. Dans le fond, l'imposante cheminée abrite encore la cuisinière à bois. Sur le côté, l'évier de pierre surmonté de la lucarne opaque s'intègre dans une cuisine plus moderne. De l'autre côté, la petite ouverture de bois qui mène au galetas a été poncée et repeinte. Avec sa taille réduite et son front arrondi, elle ressemble à une écoutille de bateau. Les peintures des murs ont été refaites. Le plafond l'a été également et il est maintenant équipé de deux lumières puissantes.

Je me tiens debout contre le mur entre la porte et la fenêtre. Je suis un peu en retrait de la table autour de laquelle est rassemblée la famille Chomazels. De mon poste d'observation, je balaie du regard chacun de ses membres. C'est la première fois que je n'entends ni aucun bruit ni aucune discussion animée. Seule Claudine, assise sur une chaise installée juste devant la cuisinière, tape doucement ses pieds sur le sol. Elle a la tête penchée sur ses genoux et sur une grosse pelote de laine carmin qu'elle tourne dans tous les sens au creux de la paume de ses mains. Sous le masque de la tristesse, les visages vieillis pleurent la mort de Louise.

J'arrête mon regard sur Stéphane. Il est toujours aussi maigre. Sa figure émaciée est coiffée de cheveux assez longs. Il a les yeux rougis. Sa dent saillante dépasse encore de sa lèvre inférieure. Aux mouvements réguliers de ses mandibules, je devine qu'il serre sa mâchoire. Il n'a pas beaucoup changé. Me reviennent en mémoire tous ces moments vécus avec lui. Il est tout juste un peu plus âgé que moi et nous passions beaucoup de temps ensemble. Surtout au début. Moi, le « *vacancier* » ou le « *parisien à l'accent pointu* » selon l'humeur et lui, le dernier des fils Chomazels curieux et étonné de découvrir la naïveté et la maladresse d'un enfant de la ville au milieu d'une ferme. Lui qui est tout heureux d'avoir aussi un compagnon de jeu.

À l'âge où je construisais encore des cabanes, lui conduisait déjà le tracteur et participait pleinement à tous les travaux de l'exploitation lorsqu'il n'était pas à l'école. Pourtant, il n'aimait pas y aller. Il rechignait au moment où il fallait partir pour le collège puis le lycée agricole. À l'école, il s'ennuyait et pensait sans cesse à son village et à sa ferme. Celle qu'il reprendra le temps venu. Avec lui, j'ai appris à manœuvrer un engin à moteur. Le premier été, je suis à côté de lui sur le siège au-dessus des grosses roues et puis la deuxième saison je peux avancer doucement le tracteur et la remorque dans les champs lors du ramassage des bottes de foin. Sur cette puissante machine, je suis fier et inquiet. Je ne peux même pas m'asseoir sur le poste recouvert d'un coussin de mousse usé, car je ne suis pas assez grand. J'ai du mal à atteindre et à appuyer sur les pédales en métal trouées. Elles sont très dures et parfois je les lâche d'un coup. Le convoi avance brutalement dans une secousse bruyante et grinçante. Je laisse faire Stéphane pour les manœuvres compliquées.

Je suis un invité de marque quand on part couper l'herbe d'une prairie. Je ne perds pas une miette de la préparation de la faucheuse. La longue lame est retirée puis aiguisée avec une meuleuse électrique. Des gerbes d'étincelles envahissent la cour et volent à plusieurs mètres. Le bruit métallique et strident me transperce les oreilles. Il faut affûter les deux lames de chaque petit triangle de la barre de coupe. Quand l'opération est terminée, la lame est à nouveau glissée dans son fourreau et fixée à la barre. Une fois relevée, la barre est prête. Je prends place sur mon siège de prince. J'agrippe fermement la barre de fer du dossier. Stéphane démarre le tracteur. Une fumée noire et odorante se dégage en bouquet du pot d'échappement situé à l'avant de l'engin.

Le soleil est déjà levé, mais n'inonde pas encore la vallée de ses rayons d'été. Je sens l'air frais se glisser sous mon polo, remonter le long de mon dos et chatouiller mes oreilles. Stéphane bifurque juste après le pont pour prendre le chemin qui longe la rivière. Quelques kilomètres plus loin, on entre dans une parcelle à l'herbe généreuse tout juste débarrassée de la rosée. Ici, les champs sont petits. Plus haut, sur les flancs de la montagne, il y en a des minuscules et biscornus qu'il faut faner à la main. Stéphane descend du tracteur et positionne la barre horizontalement. Il remonte et s'installe sur le siège. Lui est plus grand que moi et peut atteindre les pédales sans trop de difficulté. Les premiers rayons du soleil coiffent les arbres qui bordent la rivière. Le tracteur avance doucement dans le champ et, dans un bruit de cisaillement répétitif, couche le foin au sol. Le parfum de l'herbe fraîchement coupé me chatouille les narines. Des dizaines d'insectes s'échappent et se perdent dans le pâle et timide soleil du matin. Je suis fasciné par le travail de Stéphane. Je n'arrive pas bien à comprendre la logique de la fauche, mais lui sait lire la parcelle et progresse sans hésiter. J'aime cette saison d'été et le ramassage du foin.

D'autres fois, après la coupe, j'accompagne Stéphane dans un autre champ où l'herbe sèche depuis plusieurs jours. Il accroche le faneur à l'arrière et commence à éparpiller et à retourner le fourrage. Dans un pré voisin, viens le temps de fixer l'andaineur et de former des lignes de foins séchés prêtes à être avalées par la presse à balles de forme carrée. Vers la fin de l'après-midi, quand le soleil d'été s'alanguit encore dans la plaine et profite du bord de l'eau, il est l'heure de compacter puis de ramasser le fourrage. Enveloppé dans un nuage de poussière fine et irritante, le tracteur traîne lentement la « *mangeuse* » de foin. Le bruit de ses mandibules de fer envahit la campagne. Elle laisse derrière elle et à intervalle régulier des bottes de foin bien calibrées. C'est à partir de là que je peux prendre possession du tracteur et en devenir le pilote. Hésitant et fébrile au début, je prends vite de l'assurance et au fur et à mesure des années tout s'avère plus facile.

Stéphane est intarissable sur son village et sa vallée. Il se rend parfois dans la ville de Mende, mais il n'aime pas trop. Il ne s'y sent pas du tout à sa place. Ici, aux Fonts, il est chez lui. Il me montre tous les coins et les recoins du hameau. Les cachettes secrètes et les points de vue magiques. Je me souviens du ruisseau et de la maison du moulin avec son passage étroit et sombre qui l'enjambe. Plus loin, et vers la montagne, cette cavité dans la roche. Une grotte profonde qui s'enfonce sous la terre et crache de l'eau et des blocs de pierre imposants.

Stéphane est un pêcheur à main hors pair. À la tombée de la nuit, je l'accompagne au bord du Bramont. Il regarde la rivière et avec son œil perçant il repère une belle truite. Il descend doucement dans l'eau et s'avance sans faire de remous. Quand il a découvert le caillou sous lequel elle se réfugie, il se baisse, plonge ses poings dans l'onde froide et ceinture très lentement. Sans gestes brusques, il approche ses mains et referme le piège. Sitôt qu'il sent, dans ses doigts, le frétillement de l'animal, il le saisit et le jette sur la berge. Il renouvelle deux ou trois fois l'opération avec succès. De mon côté, j'essaie d'imiter Stéphane, mais une fois que j'ai les mains dans l'eau et que je les ai glissées sous un rocher, je pense tout de suite à ce qui peut s'y trouver. J'imagine surtout des serpents. Sous l'eau, dès que mes mains entrent en contact avec un animal aquatique, je panique et je les sors immédiatement de l'eau. Stéphane s'esclaffe en langue locale.

— Es bèl lo parisenc ! *Il est beau le parisien* !

Je suis tout penaud et un peu vexé. Je crois avoir sorti deux truites seulement et beaucoup de frayeur. Une fois, j'ai accompagné Stéphane et des gars plus âgés que connaissait son frère Antoine. Des types bourrus et bizarres qui pratiquaient, à la nuit tombée, une tout autre pêche. Je ne les ai pas du tout aimés. Ils balançaient dans le ruisseau de l'eau de

Javel ou du courant électrique. Ils patientaient un moment puis ramassaient à l'épuisette les cadavres des truites. Je ne les ai jamais revus.

Les beaux jours passent vite, mais chaque année nous sommes heureux de nous retrouver avec Stéphane. L'été dans toute la vallée du Valdonnez, les villages organisent leur fête annuelle. C'est l'occasion pour Stéphane et moi de sortir un peu de la ferme. Après la traite du soir, Stéphane fait un rapide brin de toilette dans la minuscule pièce d'eau bloquée entre la chambre des filles et le côté de la cuisine. Il enfile un blue-jean propre attrapé sur le tas de linge qui s'empile dans un recoin de la grande salle de la maison. J'aime quand il demande à sa mère Louise ou bien à ses sœurs, Zénaïde et Éliane, où sont « *ses pantalons* » en parlant de son jean.

Je me souviens de tous les véhicules qu'on a empruntés pour se rendre dans les villages. Une fois en tracteur jusqu'à Saint-Bauzile. Plusieurs tentatives avec la vieille moto d'Antoine. Plusieurs fois, nous l'avons poussée. Nous avons même utilisé à plusieurs reprises une voiture dont je ne me rappelle plus à quel membre de la famille Chomazels elle appartenait. Pour ne pas se faire « *piquer* », on a roulé sur les pistes et les chemins. On restait jusqu'à la fin du bal à rebâtir le monde au son des groupes de folklore locaux. Dans l'air doux de l'été, sous les guirlandes multicolores, accoudés à la buvette, nous bavardions avec les vacanciers de passage.

Je me prenais presque pour un Chomazels. Je m'éclipsais de temps en temps avec une fille pour un baiser caché et éphémère filant comme une étoile.

J'ai ramené Stéphane plusieurs fois ivre et joyeux et d'autres fois saoul et triste. Je me souviens bien de cette belle et chaude nuit d'été où nous sommes rentrés au hameau des Fonts. Nous avons trouvé porte close. Nous avons passé la nuit dans l'étable dans l'allée centrale et sur un lit de fortune fait de quelques bottes de foin et d'une couverture usée qui sentait la vache. Le lendemain matin, Louise nous avait surpris là les yeux cernés et de l'herbe séchée dans les cheveux. Elle n'avait rien dit. En montant à la maison nous changer, Lucien nous attendait le poing fermé sur sa canne. Nous avons essuyé une de ses colères dont on se souvient. Je ne comprenais pas un traître de mot de ses paroles en langue locale, mais vu le ton employé j'ai entendu quand même. Stéphane et moi avions oublié de prévenir et l'on avait pris la voiture d'Antoine sans lui demander sa permission. Sa fureur retomba aussi brusquement qu'elle était venue. Il y avait beaucoup de travail à la ferme et un champ à faner.

Antoine

Les employés des pompes funèbres costumés de noir font plusieurs allers et retours entre la chambre de Louise, la grande salle et le fourgon à l'extérieur. L'atmosphère est pesante. Je regarde dans la direction d'Antoine. Il joue nerveusement avec un briquet jetable rouge.

Notre première rencontre a lieu le jour de l'installation du campement dans le champ en bordure de la rivière. Antoine conduit son père sur le tracteur comme on mène l'empereur sur son char. Antoine ressemble beaucoup à Lucien. Il a le même regard, rieur. Des petits plis au coin des yeux. Son visage mince et maigre laisse apparaître quelques rides. Il porte maintenant des cheveux courts, quelques mèches grises et une barbe sobre entretenue. Il est habillé d'une chemise de belle facture sous un pull léger à col rond. Un cordon autour du cou supporte une paire de lunettes à fine monture. Il a quitté la maison il y a longtemps. Il a passé un moment à l'université et dirige actuellement plusieurs commerces dans la ville de Mende et ailleurs. Je me souviens de lui lors des premiers étés où j'ai résidé aux Fonts.

Antoine loge beaucoup à la ferme durant les beaux jours pour donner un coup de main au ramassage du foin et pour les moissons. Le reste de l'année, il part étudier à Mende. Il ne rentre que le soir pour manger et dormir. Souvent, il demeure en ville. Dès notre première rencontre, il se montre curieux de cette « *autre vie* ». Il pose des tas de questions sur l'endroit d'où je viens. Il veut tout savoir sur ma vie de « *parisien* ». Même si j'habite en province. Mais beaucoup plus au nord que le Tarn. À cette époque, il milite dans beaucoup d'associations politiques. Un été, avec Stéphane, nous l'avons accompagné lors d'une réunion de défense des agriculteurs. Une autre fois, c'est un colloque contre l'extension du camp militaire du causse du Larzac. Cette assemblée se poursuit jusqu'aux confins de la nuit par un atelier de création et de collage d'affiche dans toute la vallée du Valdonnez et puis Mende. Dix jours plus tard, on se retrouve avec des milliers de personnes à fouler l'herbe sèche du causse sous une chaleur écrasante en évitant les obus bien marqués et ceinturés de pierres. Une autre année, c'est la lutte contre le barrage de Naussac. À la fin d'un été, c'est avec lui, et deux amis militants d'Antoine, que je suis rentré chez moi. Eux partaient défendre diverses causes en Bretagne.

Antoine est aussi têtu que son père. À table, le ton des conversations peut monter très vite et se finir par de violents coups de gueule. Antoine argumente en français et Lucien répond en patois. Je l'ai vu se lever et partir en claquant la porte. Les discussions les plus sensibles concernent toujours Claudine. Leur fille et sœur. Les aînés, Henri, Odette et Michèle soutiennent leur frère, mais ils ne sont plus à la maison. Ils vivent ailleurs et c'est Antoine qui est en première ligne. Pour lui, Claudine devrait être dans une institution spécialisée depuis longtemps. Il ne comprend pas pourquoi Louise et Lucien la gardent ici. Elle demande une attention constante et Louise, en plus de son travail à la ferme, doit veiller sur

Claudine à tout instant. Même la nuit. Michèle a un poste, non loin de là, dans un centre qui accueille des enfants atteints de handicaps moteurs et mentaux. Elle connaît des maisons spécialisées pour les adultes comme Claudine. Le sujet revient fréquemment, car Antoine sait bien que sa mère s'épuise.

Pourtant, elle aussi ne laisserait pas partir sa fille. Dans ces moments-là, Lucien rentre dans des colères sombres. Il invective son fils et tape sur la table avec sa canne ou avec son poing. Je l'ai même vu, dans un geste de rage, balancer à terre assiette et couverts. Tétanisé par toute cette violence, je ne bouge pas et j'attends que la tension redescende. Je n'ose rien dire. Je regarde Claudine, assise en retrait sur sa chaise près de la cuisinière à bois, qui joue avec ses bouts de laine. Elle ne semble pas affectée par ce déchaînement de brutalité. Pourtant je remarque qu'elle grimace légèrement et que les balancements d'avant en arrière de son buste s'accélèrent. Ses mains tremblent et elle tire frénétiquement sur ses brins de laine. Louise essaie de calmer tout le monde. Lucien est au bord des larmes et effectue des mouvements de mâchoire. Antoine se lève brusquement et ouvre la porte. Il sort sur le perron et s'allume une cigarette. On en reste là pour cette fois. Tôt ou tard, la même scène va se reproduire. Et peu importe si des convives sont autour de la table. Chez les Chomazels, on a très souvent des invités à dîner. Chez les Chomazels, on est accueillant. Lucien ramasse son couteau et approche l'assiette de fromage de chèvre préparée par Louise. Il coupe une belle part d'un des morceaux les plus vieillis et l'étale sur une tranche de pain. Avant d'en croquer une bouchée, il marmonne en admirant sa fille Claudine.

— L'abandonariái pas jamai ! l'abandonariái pas jamai ! *Je ne l'abandonnerais jamais !*
— Se calmar ! *Calme-toi !* reprend Louise. Demòra amb nosautres ! *Elle reste avec nous !* poursuit-elle en regardant tendrement Lucien.

Deux cigarettes plus tard, Antoine revient dans la grande salle et termine son repas en silence. Les sœurs les plus jeunes, Zénaïde, Éliane et Laurence évitent d'intervenir et change vite de sujet.

J'aime bien quand Antoine m'emmène sur le tracteur. Il est joueur et bienveillant. Il me raconte sa Lozère. Il s'intéresse aux études et au métier que j'envisage. Je ne sais pas quoi lui répondre. Lui ne souhaite pas rester à la ferme et préfère que Stéphane s'en occupe. Il veut continuer l'université et vivre en ville. Lucien n'aime pas du tout l'allure de son fils. Il répète à l'envi : « tu es un palhaç », *« tu es un clown »*. Antoine garde des cheveux longs qui masquent souvent son visage maigre et glabre. Quand il est à la ferme, il est vêtu d'une chemise, d'une veste militaire usée et d'un jean troué. Aux pieds, il porte de solides brodequins de cuir. Dans la poche de sa poitrine, il a toujours son paquet de cigarettes gauloises bleu et un briquet. Il partage la même chambre que son frère Stéphane et la même pagaille. Louise a beau râler, les habits s'entassent et se mélangent. Autant le linge sale que les affaires propres.

Il pilote une vieille Renault 4 L qui le conduit sans problème à Mende, mais elle fatigue et souffle lorsqu'il faut grimper sur le causse ou s'aventurer vers le mont Lozère. Pendant les mois de printemps et d'été, quand les cours sont terminés, il revient donner un coup de main à la ferme. Comme l'avaient fait avant lui ses frères et sœurs. Mais dès la fin du jour, au moment où les travaux des champs sont achevés, il part vite retrouver la ville et ses amis. Parfois sans même manger. Ce qui fait grimacer Louise et Lucien. De temps en temps, avec Stéphane, il nous prend avec lui le weekend pour rejoindre une soirée. Il s'habille toujours pour l'occasion. Une belle chemise blanche. Un pantalon de toile épaisse et une veste en coton de couleur noir. La fête que j'aime le plus c'est celle des myrtilles de Finiels chère au cœur de Louise. C'est un lieu tout près de son village natal et des pentes de sa montagne. On part le matin pour peigner les buissons et récupérer les précieux fruits qu'on rassemble dans d'immenses bassines.

Le soir venu, le petit bourg allume ses lampions et se remplit de musique. Elle s'écoule dans les ruelles du hameau et inonde le moindre recoin. On déguste des myrtilles sous toutes ses formes. Je les préfère nature avec un léger saupoudrage de sucre. Stéphane ne les aime pas trop et penche plutôt pour un verre de sangria façon « mont Lozère ». Antoine, lui, c'est la bière. Il retrouve quelques amis de lutte et discute à bâtons rompus jusqu'à tard dans la nuit. Au petit matin, un voile de fraîcheur descend du sommet et fait taire la musique, les jeux et les danses. Il faut rentrer. Stéphane s'écroule sur la banquette des passagers de la voiture. Je m'installe à côté d'Antoine qui grille une énième cigarette avant de retourner vers les Fonts. Je saisis la poignée de la vitre et la glisse vers l'arrière pour sentir l'odeur de l'été et l'air frais de la montagne. Antoine est silencieux et Stéphane dort.

Les virages me bercent, mais la ferraille qui perce le siège par endroit m'empêche de me laisser aller complètement au sommeil. Je ferme et je cligne des yeux au rythme du balancement de la voiture. Quand j'ai les yeux ouverts, je regarde le ciel clair scintiller de mille feux. Comme le trait d'un carreau d'arbalète, une étoile filante transperce furtivement la voûte céleste. À la ferme, tout est calme et tranquille. Sur la grande table de la maison, quelques mouches dînent de quelques miettes. Des tasses et quelques cuillères y tiennent salon. Je sens une odeur particulière. Un mélange de café, de feu, de bois, de jambon et de fromage de chèvre. Sans faire de bruit, notre trio se glisse dans la chambre et sous les épaisses et lourdes couettes pour quelques petites heures de sommeil. Mon lit est aménagé pour l'été dans la pièce des garçons. D'habitude il est encombré de vêtements et de linge de maison. L'endroit est contigu à celle de Louise, Lucien et Claudine. Il est situé dans l'ancien logis. La salle est froide. Les parois sont recouvertes d'un enduit vert pâle. Il n'y a pas de fenêtre. La chambre est juste au-dessus de la bergerie. Les murs et les sols sont épais, mais laissent passer une légère odeur de chèvre. Un parfum âcre. Une émanation prégnante. Demain je me lève tôt. Seulement après Louise.

Capucine

Je ne réalise pas encore que Louise est morte. Je pense à tous les moments qu'on a passés ensemble. Je pense à ce jour d'été ou après la traite, j'ai pris en charge le troupeau pour la première fois. Tous les matins j'accompagne Louise pour la traite des vaches. Petit à petit elle me fait confiance. J'ai de plus en plus d'assurance. Mes gestes deviennent précis. Je trouve du plaisir à m'occuper des bêtes. Avec Louise j'apprends quelques mots de lozérien. Je prépare le fourrage, la farine et les granules de tourteau de soja. Je nettoie les paillasses et remets de la litière fraîche. Les animaux commencent à s'habituer à ma présence. C'est de plus en plus facile pour moi de brancher les trayeuses. Louise m'enseigne même à traire les vaches à la main comme elle le faisait avant. Par moments, je me prends pour un vrai fermier, mais là une bête zélée en profite pour me retourner en plein visage un coup de queue aussi inattendu que violent. Je me retrouve avec le visage maculé d'excréments. Louise pouffe et rit.

— Arribada coma una mosca ! *Balayé comme une mouche !*

Vexé, je file me débarbouiller à la laiterie. Je finis mon travail en prenant d'infinies précautions contre les mouvements erratiques des queues de vache. À la fin de la traite, le tank à lait est presque plein. Le laitier doit passer aujourd'hui. Je note scrupuleusement le niveau sur le calendrier suspendu à l'entrée. Je monte à la maison récupérer mon sac. J'en profite pour prendre un café et bousculer Antoine et Stéphane qui dorment encore. Au bas de l'escalier, Mirette, la petite chienne, fille de Gobert, m'attend avec impatience. Je m'abaisse pour lui donner une courte caresse. Elle sait que nous partons avec le troupeau vers les champs verts et gras du bord de la rivière. Dans l'étable, j'ouvre la porte du côté et je libère une à une les vaches. Lentement, elles se dirigent vers la sortie. Leurs sabots résonnent sur le béton de l'allée puis sur le gravier et les petits galets qui forment le chemin menant à la cour de la ferme. Lorsqu'elles sont presque toutes dehors, je me précipite devant pour éviter que les premières ne s'aventurent dans le village. Mirette reste docilement derrière. Elle connaît son travail. Elle veille et aboie juste quand c'est nécessaire. Louise me regarde partir. Elle m'a appris quelques mots du parler d'ici pour conduire le troupeau et donner des instructions précises au chien. Sagement, les vaches avancent côte à côte et deux par deux sur la petite route qui mène au pont. Il faut qu'elles le traversent doucement pour ne pas créer un mouvement de panique qui pourrait en faire basculer l'une d'entre elles dans la rivière.

Leur marche est lente, mais régulière. Elles progressent tranquillement tout en dessinant un balancement nonchalant avec leur tête. Le chien ouvre le parcours et se poste à l'embranchement juste après le pont pour guider les animaux sur le chemin qui longe le Bramont. D'un aboiement sec et court, il décourage les téméraires qui osent s'avancer. Au bout d'une bonne vingtaine de minutes, le troupeau arrive face au pré indiqué par Louise. Je passe rapidement en tête pour montrer l'entrée aux vaches. La chienne Mirette m'a déjà devancé et, assise sur ses pattes arrière, surveille. Mon rôle est de garder les bêtes et empêcher qu'elles gouttent à l'herbe haute et fraîche ou à la luzerne des pâturages voisins. J'ai dans ma musette, mon petit poste radio, deux belles tranches de pain, du saucisson et quelques carrés de chocolat noir. La parcelle s'étend jusqu'à la rivière où les vaches peuvent aller boire. Je raccroche une simple ficelle pour fermer le champ puis je m'installe au pied d'un aulne.

Le soleil encore timide partage le pré en deux. Je suis toujours à l'ombre. J'aperçois de légères volutes de brumes monter du sol resté humide puis disparaître dans les rayons du soleil. Mirette demeure à côté de moi. Même si elle est constamment en alerte, elle se roule volontiers dans la terre ou dans la prairie mouillée. Capucine ne s'éloigne pas de nous. Les autres sont au soleil et arrachent de belles poignées d'herbe grasse. La première année où je l'ai vu, elle m'a paru *différente*. Elle se laisse approcher et caresser. Elle me suit. Un jour, pour s'amuser, Stéphane m'a aussi poussé à grimper sur son dos. Je me souviens très bien de son odeur et de la douceur de son encolure dont je ne peux, avec mes petits bras, faire le tour. Même si je ne reste pas toute l'année, les étés elle est toujours là et semble me reconnaître. Louise trouve ça drôle et surprenant. Elle se moque gentiment.

— Lo vacancièr a trobat una amiga ! *Le vacancier a trouvé une copine !*

Quand on rentre à l'étable, elle est souvent la dernière à quitter le pré. Elle demeure en retrait à l'arrière du cheptel et proche de moi. Je me vois encore la première année à la ferme marchant fièrement au côté de « ma » vache.

La surveillance du troupeau est facile lorsqu'il suffit, avec quelques ordres en patois, de lancer Mirette dans les pieds de vaches impatientes qui veulent découvrir si l'herbe est plus verte ailleurs. Elle est toute petite et courte sur pattes, mais redoutable chaque fois qu'il faut mordiller le bas des pattes des vaches. Quand le soleil a envahi toute la prairie, je reste sous les arbres des haies ou je vais au bord de la rivière. C'est l'heure où les pêcheurs de truites, cuissards jusqu'aux hanches, abandonnent le cours d'eau et regagnent les berges. Avec mon poste de radio au son aigu et nasillard, je tente d'écouter un peu de musique. Mais je préfère écrire, penser, ou bien entendre et sentir la nature bercer par le clair bruit des flots du Bramont. Des rapaces à l'affût juchés sur les beaux arbres ou tournoyant dans le bleu du ciel. Ici une loutre qui, de rocher en rocher, regagne sa catiche.

Plus loin, une truite, d'un saut précis, se risque hors de l'onde pour attraper un insecte. Là-bas, c'est un couple de libellules qui dessinent de grandes arabesques juste au-dessus des eaux. Dans le pré, des sauterelles s'échappent de l'herbe. Elles bondissent puis disparaissent. Quelquefois, il se glisse dans les fourrées, une belle couleuvre de Montpellier dans son costume vert et blanc ou teinté de jaune. Je sais qu'Antoine ne les aime pas du tout et les chasses à coup de pierre. D'un champ de blé voisin, je peux entendre le criaillement d'un groupe de faisans. Au plus chaud de la journée, les vaches se rassemblent le long des haies et s'allongent pour ruminer. J'en profite alors pour me dévêtir et plonger dans la rivière. J'ai essayé de temps en temps d'imiter Antoine pour pêcher des truites, mais sans aucun succès. Je reste la journée ici à surveiller le troupeau et à savourer la nature. Même au bord de l'eau, Capucine est là.

Souvent, en fin d'après-midi, le temps est venu de retourner ou de ramasser le foin des champs voisins. Je vois débarquer sur leur tracteur Antoine, Stéphane et Lucien. Quelquefois les filles arrivent aussi. Zénaïde, Éliane et Laurence. Les premières années je me contentais de m'asseoir fièrement sur le siège du tracteur. J'étais le roi. Au fur et à mesure des années, j'ai pris la fourche pour soulever les bottes de foin et charger la remorque. J'ai même pu ranger la précieuse cargaison sur le plateau. Une tâche importante et délicate pour éviter que le fourrage ne termine en contre bas du chemin ou dans la rivière. Mirette garde le troupeau pendant que nous fanons. Je sens les odeurs de foins secs me chatouiller les narines.

Lucien avec son problème de hanche surveille les travaux et commente en patois. Il aime aussi s'emparer de son râteau de bois pour ramasser le moindre brin d'herbe séché. La mécanisation, oui, mais rien ne vaut les finitions à la main. Il ajuste sa casquette. Il prend son outil. Un long manche de bois au bout duquel est chevillée en biais une tige percée de douze dents. Pendant que la presse avale goulument les andains, Lucien ramène tout le foin abandonné par la machine. Il ne laissera rien. À lui tout seul, il en ramasse une quantité impressionnante. Quand la ficelle de lieuse vient à manquer à la machine et qu'il faut remplacer les bobines, c'est l'occasion de savourer une boisson étrange, amère et un peu tiède dans des bouteilles de verre jaune foncé aux bouchons rouges ou bleus. Une sorte de bière.

Quand le chargement est complet. Soit sept ou huit rangées de ballots de foins, le convoi rentre à la ferme. Les tracteurs sont placés devant le troupeau. Capucine, Mirette, et moi fermons la marche. La lourde remorque avance doucement et se balance de droite à gauche sur le chemin empierré. La tête des vaches dodeline en suivant le cortège. Le passage du pont avec le tracteur et son plateau plein est délicat. Mais avec une grande maîtrise, Stéphane affronte l'obstacle sans problème. Quand les bêtes sont rentrées à l'étable, il faut vider la remorque dans la grange. La chaleur dégagée par le foin empilé est impressionnante. La hauteur des ballots également. Le fourrage, dans les bonnes années, s'élève jusqu'aux fermes de la charpente. À l'écart du regard réprobateur de Lucien, ils nous arrivent de faire, avec les filles et Antoine, des batailles et des sauts dans le fourrage tout juste engrangé. Même si l'on se débarrasse de la plupart des brins accrochés à nos vêtements et à nos cheveux, il en reste toujours un peu. Suffisamment, pour que Lucien devine et grimace. Il grommèle en réajustant sa casquette sur son crâne.

— Los enfants ! Qu'es de merda ! *Les gamins ! Que des conneries !*

Je prends bien soin de Capucine. Attentionné, je passe plus de temps autour d'elle pendant que c'est l'heure des traitements et de la traite. Je me vois encore lui parler. Quand des vacanciers venaient chercher le lait avec des enfants, moi, le commis de ferme saisonnier, je leur présentais Capucine. Ils étaient tout heureux d'approcher d'aussi près une vache et de pouvoir lui caresser le museau.

Bien des années après, je me rappelle être revenu camper quelques jours dans le village des Fonts au bord de la rivière. J'appris, cette année-là, avec une sincère tristesse la mort de Capucine. Elle avait succombé à une violente et douloureuse infection à la suite d'un vêlage difficile. Il me reste d'elle des images, des souvenirs et quelques photographies en noire et blanc. Je pense à Louise. Je la vois debout, posant, près de Capucine. Louise n'est pas beaucoup plus grande. Elle est habillée avec sa blouse fleurie et son vieux gilet de traite. Ses bas épais tentent de cacher les bandes autour de mollets. Ses pieds confortablement logés dans les pantoufles réservées à l'étable. Elle plisse les yeux et arbore un sourire malicieux. Capucine, calme et tranquille, passe sa langue dans ses narines. Je garde pour moi son regard triste et l'image de ses cornes en désordre. Je me vois encore, marchant à ses côtés.

Les aînés

Chez les Chomazels on ne pleure pas ! Les aînés comme les plus jeunes ont les yeux rougis et les traits tirés, mais il n'est pas question de fondre en larmes. Lucien, au bout de la table, l'air atterré, fixe sans bouger le centre du grand plateau.

Henri se tient debout derrière son père. Un peu en retrait, je reconnais sa femme. À côté d'elle, j'aperçois deux jeunes adultes. Une fille et un garçon que je suppose être leurs enfants. Je n'ai pas beaucoup de souvenirs d'Henri. Il était déjà professeur dans un collège de Mende quand je suis arrivé la première fois. Je me rappelle l'avoir entrevu à l'occasion de repas dominicaux. Pour moi, il fait figure de sage. Toujours calme et serein. Même face aux colères de son père au sujet de Claudine. Lucien et Louise ne tarissent pas d'éloges sur leur fils aîné. Celui qui a fait de grandes études et qui a une belle situation. Je me souviens être allé, une fois, avec lui et Lucien sur les pentes du mont Lozère pour vérifier la bonne santé des animaux.

C'est un dimanche d'été où le soleil brûle et assèche. Lucien craint que ses bêtes, à l'estive du côté du Bleymard, ne manquent d'eau. On est parti tôt. Antoine et Stéphane dorment encore. Ils sont sortis la veille dans une boîte de nuit près de Sainte-Enimie. Louise commence tout juste la traite. Henri démarre sa belle DS Citroën couleur crème. Nous voilà engagés sur les routes sinueuses de Lozère pour gagner Bagnols-les-Bains et le Bleymard. Après il faut monter vers Malavieille et le col de Finiels. On passe la journée à vérifier les points d'eau et les citernes. Cet été-là, l'eau est abondante malgré la chaleur. Les pâturages prennent des teintes mordorées. Ils sont parfois mouchetés par les couleurs vives des marguerites, des chardons, des coquelicots, des bleuets, des orchidées, des pissenlits ou des campanules. Lucien est heureux de pouvoir approcher ses bêtes. Il fait un rapport détaillé et précis de l'état sanitaire du troupeau. On pique-nique en contrebas du col et près d'une source. Comme si c'était hier, je sens l'air chaud qui dévale les pentes du mont Lozère et l'odeur de l'alpage. Je me rappelle très bien le goût de l'eau fraîche.

Henri c'est l'aîné qui est toujours présent pour accompagner ses parents à Mende pour les rares examens médicaux ou les visites à la banque. Lucien répète sans arrêt que son fils Henri sait tout. Il donne souvent des nouvelles par le téléphone. L'appareil, en bakélite grise, est dans un coin de la grande salle et abrité sous une cabine en nid d'abeille. Il y a bien longtemps et juste après le cousin du haut du village, ce sont les Chomazels qui, seuls, avaient le téléphone. Tout le hameau venait ici pour passer des informations à leur famille.

Henri n'approuve pas les choix politiques de son frère Antoine. Je me rappelle très bien ses discussions sans fin, en guise de dessert, qui termine le repas jusqu'à tard dans la nuit. Comme souvent le ton monte d'un coup puis redescend aussi vite. Chacun reste sur ses positions. Henri trouve Antoine trop jeune pour se lancer dans le combat sur le Larzac, le collage des affiches la nuit et déteste ses amis du collectif. Et pour bien le signifier à son frère, il poursuit en patois : « Son pas que d'hippis gròsses ! », « *ce ne sont que des hippies crasseux !* ».

La chose qui les met tous les deux d'accord c'est la situation de leur sœur Claudine. Ils voient bien que le monde change. Ils ont fait des études tous les deux et ils savent bien et qu'il existe des centres adaptés où elle serait beaucoup mieux. Leur mère pourrait reprendre son souffle. Henri et Antoine se soutiennent et parfois ils arrivent à aborder le sujet et à tenir tête à leur père. Un brutal coup de canne sur la table clôt toujours le débat sur ce sujet.

— Vòls te'n desfar ! *Vous voulez vous en débarrasser !* fulmine Lucien.
— … E nos far morir ! *Et nous faire mourir !* enchaîne-t-il.
— Tu ne comprends rien, papa ! Tu le fais exprès ! reprennent en cœur les deux frères.

Quand je regarde Lucien et son fils aîné avec sa main sur l'épaule de son père, je repense à ces débats violents, mais aussi et surtout à tous ses rires qui accompagnent les grandes tablées d'après la traite du soir. Il y a souvent dix ou quinze personnes à dîner. Des amis, des cousins en visite ou des vacanciers. Chez les Chomazels on sait accueillir et l'invitation passe généralement par la table de la salle à manger. On fait de la place pour tout le monde et l'on partage le saucisson, le jambon et les fromages de chèvre. Le tout avec ce vin rouge épais, râpeux et puissant que Lucien fait venir d'un petit producteur du Gard. Louise trouve sans cesse qu'il n'y a pas assez à manger et, en quelques minutes, prépare quelques pommes de terre qu'elles noient dans l'huile de la large poêle noire.

  Odette et Michèle sont de part et d'autre de Claudine, toujours affairée à démêler une vieille pelote de laine. Odette est partie de la maison il y a longtemps. Elle a trouvé un travail et un mari à Marvejols. Elle est entrée depuis un grand nombre d'années dans une administration à la faveur d'un recrutement exceptionnel au début des années soixante-dix. Elle devait avoir une vingtaine d'années. Quelques années plus tard, elle a épousé un de ses collègues. Comme Henri, je la connais très peu. L'été, elle vient très rarement à la ferme. Parfois, à l'occasion d'un important repas de famille. Derrière elle se tient une jeune femme qui lui ressemble beaucoup. C'est Sandrine. Sa fille. Elle devait avoir cinq ou six ans quand je l'ai vu pour la première fois. Elle s'était prise d'affection pour moi et me suivait partout. J'étais une véritable attraction pour elle. Un inconnu avec un drôle de parler. Un accent « *tordu* » comme aime à dire Louise et sa fille Michèle.

  Michèle ressemble trait pour trait à sa mère bien qu'elle soit beaucoup plus grande. Son visage est fin et un sourire s'y accroche en permanence. Il commence au niveau de ses petits yeux ronds et plissés puis descend jusqu'à sa bouche. Elle est dynamique et pleine d'entrain. Elle travaille non loin de là dans un établissement qui accueille de jeunes enfants *différents*. Elle discute beaucoup de son emploi avec Henri, mais n'ose pas aborder le sujet de Claudine avec ses parents et surtout avec son père. Elle essaie, dès qu'elle est à la maison et qu'elle s'occupe de sa sœur, de parler du centre et de glisser quelques mots à sa mère et à son père. Ils trouvent ça très bien, mais pas pour leur fille. Michèle se désole, mais ne supporte plus de voir sa mère se voûter toujours un peu plus sous le travail et de souffrir autant avec ses jambes malades. Très tôt elle a pris la décision de quitter la ferme des Fonts, mais sans trop s'éloigner de sa famille et de Claudine. Elle passe très souvent. Même si elle ne reste pas longtemps, elle s'arrange fréquemment pour s'attaquer à des tâches domestiques afin d'aider sa mère.

Elle bouscule ses jeunes sœurs quand elles sont là. Elle range le linge qui s'entasse dans tous les coins et s'imprègne trop vite des odeurs de la ferme. Elle lave à grande eau la salle à manger, le côté cuisine et la salle de bain. Elle change les draps de tous les lits. Avec sa formation médicale, elle s'occupe des soins des jambes de sa mère. Elle passe également beaucoup de temps avec sa sœur Claudine. Elle fait le tri dans la montagne de laine que tous les visiteurs apportent à sa sœur. Des sacs entiers sont entreposés dans le grenier qui jouxte la pièce principale. Elle essaie de s'accomplir de cette tâche le plus discrètement possible, car il arrive que cela provoque des crises chez Claudine. Elle se met à hurler et empêche physiquement sa sœur d'approcher et de toucher au moindre brin de laine. Elle fait de grands gestes heurtés et maladroits avec ses bras tout en émettant un gémissant fort et puissant. Elle peut avoir une rage et une énergie surprenante. Michèle n'insiste pas, calme et rassure sa sœur. Claudine finit par s'asseoir. Elle s'apaise et reprend son balancement. Un morceau de laine bleu entre les doigts.

Elle ne va jamais dans l'étable et elle ne participe que très rarement aux travaux de la ferme. Plus jeune, elle n'aimait déjà pas ça du tout et traînait des pieds quand il fallait descendre traire les chèvres, ramasser le foin ou sortir et garder les vaches. Dès la fin de sa formation professionnelle, elle est partie chercher un emploi à la ville voisine. Elle est restée quelques mois à l'hôpital de Mende puis elle a trouvé ce poste dans cet établissement du Valdonnez. Elle vient plusieurs fois par semaine. Plus rarement le weekend. Louise ne comprend pas pourquoi sa fille n'est pas encore mariée. Elle le lui répète sans cesse. Michèle ne répond pas et s'en va étendre le linge à l'entrée du village près du pont.

Éliane, Laurence et Zénaïde

Un violent courant d'air traverse la salle à manger quand l'un des employés des pompes funèbres ouvre la porte. Le vent frais chargé de pluie arrive à laisser un peu d'eau dans l'entrée. Cette bouffée glaciale vient renouveler l'atmosphère pesante. L'homme en costume sombre se dépêche de refermer le battant derrière lui et évacue du dos de sa main les quelques gouttes qui perlent sur son épaule. Il file discrètement dans la pièce voisine qui mène à la chambre où repose Louise.

L'air frais parvient jusqu'à moi et caresse l'épiderme de mon visage. J'aperçois de l'autre côté de la table les trois plus jeunes filles de Louise et Lucien.

Zénaïde a les traits tirés. Ses yeux sont rouges et cernés. Bien que plus âgée, elle ressemble beaucoup à ses deux parents. Mais en l'observant, je crois voir sa sœur aînée Claudine. Elle a coupé ses cheveux. Elle a les mêmes rides que sa mère au coin des yeux. Elle triture nerveusement un briquet entre ses doigts et regarde fixement un paquet de cigarettes posé sur la table devant elle. Je me souviens très bien d'elle les étés où je venais travailler à la ferme. Elle quitte l'école très tôt et reste sur l'exploitation pour soutenir ses parents entre deux petits emplois précaires. Elle ne garde jamais longtemps le même emploi. Louise et Lucien lui reprochent souvent sa situation. Malgré ça elle montre de l'enthousiasme et de l'envie dans toutes les tâches de la ferme. Elle est toujours là pour soulager les travaux de ses parents.

Elle se moque gentiment de mes manières de « *parisiens* » quand je l'aide à éplucher les légumes pour la potée du jour, mais elle m'apprend tout sur la confection des fromages de chèvre.

Le soir venu quand Louise éteint les lumières de l'étable et monte à la maison, c'est l'heure où Zénaïde s'échappe du foyer Chomazels pour aller passer la soirée avec d'autres jeunes de la vallée. Dans la cour de la ferme, c'est le défilé des moteurs vrombissants et des carrosseries rutilantes et tape-à-l'œil des chauffeurs d'un soir qui transportent Zénaïde jusqu'aux boîtes de nuit. Sur le perron du logis, Louise et Lucien regardent, dubitatifs, le cirque des voitures. Il épie le galant du jour qui sert de cavalier à leur fille.

— Totes bons a res, *tous des bons à rien*, murmure Louise.
— Totas de pichons ! *Tous des branquignols !* renchérit Lucien.

Zénaïde rentre tard dans la nuit ou très tôt le matin. Louise et Lucien gardent un sommeil léger jusqu'à ce que le bruit des roues d'une voiture sur les galets de l'allée se fasse entendre. Un été, je me souviens d'avoir aperçu le même prétendant avec une voiture rouge feu qui arborait à l'arrière trois lettres d'or : *« G.T.I ».* Je l'ai revu presque deux années de suite. Puis un jour d'hiver, j'appris qu'il était parti vers le sud avec sa voiture et une autre fille, laissant Zénaïde enceinte et seule. C'est à cette période que Lucien hérite d'une maison un peu plus haut dans le village. Celle d'un cousin éloigné de Varazoux. Elle sert de remise et accueille le poulailler des Chomazels. Après quelques mois de travaux, il installe dans cette maison rénovée Zénaïde et son fils, Sébastien.

En regardant Zénaïde jouer avec ce briquet, je me demande quelle est sa vie et comment son fils grandit. À côté d'elle, comme toujours, j'observe les deux plus jeunes sœurs, Éliane et Laurence, se tenir les mains. Toutes les deux retiennent leurs larmes. Je les ai toujours vus ensemble. Elles n'ont qu'une année de différence et font systématiquement tout à deux. Les sottises aussi. Tout juste plus âgé que moi et leur frère Stéphane, elles trouvent amusant de nous embarquer avec elle pour faire des bêtises. Dans ma tête je m'efforce de les répertorier, mais la liste est longue. Elle va des batailles de lait de chèvre pendant la traite au piétinement du foin dans la grange lors d'une partie de cache-cache en passant par les tentatives de fumer des cigarettes pendant la garde des vaches. Elles les ont sans doute « *empruntées* » à Antoine. Elles promènent toujours avec elle un poste de radio qui crachouille les tubes du moment. Puis les étés passent et je les vois de plus en plus rarement. Toutes deux finissent rapidement leurs apprentissages. Laurence choisit les fleurs et Éliane les soins du visage. Elles font les saisons estivales dans divers commerces des Gorges du Tarn entre Ispagnac et Sainte-Enimie. Les premières années elles donnent encore un coup de main à la ferme puis elles grandissent. Elles n'aiment plus beaucoup la campagne et elle rêve d'un ailleurs propre et citadin. Elles ne vont presque jamais dans l'étable sauf, au début, pour se laver à l'eau chaude.

Plus tard, la douche entre dans la maison et elles ne descendent plus près des bêtes. Elles ne restent jamais longtemps. Elles portent souvent des habits de la dernière mode. Louise et Lucien ne comprennent pas pourquoi elles dépensent autant d'argent pour ça. Elles sont toujours accompagnées de deux petites valises qui contiennent des produits de beauté, maquillage et parfums. Mais l'odeur de la ferme ne disparaît pas comme par enchantement et se mélange maintenant à des fragrances artificielles.

Elles passent quand même du temps à farder et à coiffer Claudine. Eliane et Laurence sont les seules à pouvoir toucher leur sœur aînée. Au début, Claudine est tendue et nerveuse. Elle tape ses pieds au sol et se débat légèrement en faisant de grands moulinets avec ses bras. Petit à petit elle se laisse aller et accepte les soins de ses jeunes sœurs. Elles essaient également de l'habiller avec des vêtements « *plus jeunes* » comme elles disent, mais là elles sont obligées de renoncer, car Claudine, terrorisée, pousse des gémissements douloureux. Claudine garde ses sous-vêtements usés, son chemisier et sa blouse aux motifs fleuris.

Eliane et Laurence ne comprennent pas du tout mon amour et mon intérêt pour le village des Fonts et pourquoi je passe mes étés à travailler à la ferme. Elles trouvent cette idée saugrenue. Elles se moquent de mes manières de garçon des villes. Elles imitent en gloussant mon accent « *du nord* ». Celui des gens qui habite au-delà du Malzieu. Je ne réponds rien et je souris. Et pourtant j'aurais pu leur dire combien j'adore ce pays.

J'aime les soirs d'été où les pierres des maisons du village chantent. Les grillons sortent et profitent de la douceur. Ils stridulent et modulent des chansons d'amour jusqu'au bord de la rivière. L'air est un peu plus froid, mais les murailles restent encore chaudes. J'aime l'odeur de la ferme, celle du foin fraîchement ramassé, celle des vaches et du fromage de chèvre qui s'affine dans sa cage d'osier. J'aime les effluves des jambons et des saucissons pendus dans le galetas qui remonte dans la grande salle. J'aime le matin frais que le soleil réveille doucement et caresse de ses rayons pâles. J'aime quand la brume s'élève sans bruit des eaux du Bramont et enveloppe le vieux pont. J'aime la musique infinie de l'eau qui use les rochers affleurants. J'aime suivre nonchalamment le troupeau ; celui des chèvres ou bien celui des vaches ; et entrer dans des herbages verts, tendres ou feuillus. J'aime m'y asseoir ou m'y allonger pour écouter et regarder la nature respirer. J'aime quand, depuis l'autre rive, je capte des senteurs de pins et de résine. J'aime chaque fois que la chienne Mirette m'accepte et reste à côté de moi en attendant d'hypothétiques directives. J'aime grimper directement les pentes des montagnes en traversant les landes sèches et caillouteuses jusqu'à la lisière des arbres. J'aime parcourir le village et monter dans la forêt juste au-dessus.

Eliane et Laurence rêvent d'un ailleurs artificiel et clinquant. Elles feuillettent des revues de mode et des romans-photos jusqu'à l'usure et la déchirure. Elles aiment la ferme et les Fonts comme on aime un refuge ou un nid. Elles adorent quand

Henri ou Antoine les amène à Mende. Dès qu'un membre de la famille s'y rend, elles sont du voyage. À la belle saison, si des cousins de Nîmes ou de Montpellier « *montent* » au village, elles ne les lâchent pas et veulent tous savoir de la grande ville. Elles posent des dizaines de questions. Je ne me souviens pas les avoir vues participer souvent aux travaux de la ferme. De rares fois, elles sont venues donner un coup de main. Un jour d'été, les nuages se sont installés dans la vallée. De plus en plus nombreux et inquiétants, ils ont rendu l'air lourd et suffocant. L'orage menace le foin sec et prêt à être ramassé. En convoi, toute la famille Chomazels est partie récupérer le précieux fourrage. Même Eliane et Laurence sont arrivés. En y repensant, je souris intérieurement. Au dernier voyage, le ciel s'est assombri d'un coup et quelques éclairs ont fendu la cuirasse d'étain pour frapper la montagne. Un roulement assourdissant s'est engouffré dans la vallée en poussant un vent violent. Puis la pluie a fait son entrée. De grosses gouttes d'eau chaudes nous ont touchés au milieu du champ. Les ultimes bottes de foin ont été rassemblées puis jetées sans ménagement sur le plateau de la remorque. Assis à l'arrière, les jambes pendantes dans le vide, les filles et moi nous nous sommes accrochés aux ridelles. Stéphane a ramené le tracteur qui a traîné la presse. C'est Antoine qui nous a reconduits sur un tempo rapide et chaotique. La cargaison a failli tomber plusieurs fois. Nous étions complètement trempés. L'eau lourde, épaisse, mais chaude, a martelé nos têtes et ruisselé sur nos visages et sur nos corps. Plus haut dans le ciel, les nuages se sont battus pendant plus d'une heure à coups de flammes et de jurons bruyants. Arrivées à la ferme, les deux filles se sont précipitées dans la maison pour se sécher et se changer sans attendre et sans prendre part au déchargement. De toute façon elles devaient se préparer, car une sortie était prévue dans une boîte de nuit du côté de la Canourgue.

— Que pensan sonque a s'amusar. *Elles ne pensent qu'à s'amuser,* bougonne Lucien.
— Laisse-les donc tranquilles, reprend Antoine. Elles sont jeunes, poursuit-il.
— Leur mère à leur âge... enchaîne Lucien.
— Oui ! On sait ! ... au travail depuis l'aube et jusqu'à l'aurore, sourit Antoine en plissant la bouche.
— Grop grand ! *Grand couillon !* termine Lucien en appuyant son râteau de bois contre un pilier et en tournant les talons.

Stéphane, quant à lui, se moque sans arrêt de ses sœurs et de leurs chimères, mais ne refuse jamais une nouvelle coupe de cheveux. Elles considèrent la maison vétuste et crasseuse. C'est aussi grâce à elles et leur ténacité qu'une salle d'eau est venu trouver sa place dans un recoin du logis Chomazels. Elles souhaitent que leur mère, Louise, s'arrête et soigne ses jambes malades. Elles ne veulent pas rester à la ferme. Elles s'occupent de leur sœur Claudine avec beaucoup d'attention et d'amour. Quand l'eau chaude est arrivée dans la maison avec la douche, elles ont essayé plusieurs fois d'y amener Claudine, mais à chaque tentative, ce fut un échec. Même aidée par Zénaïde, Claudine s'est débattue et a poussé des cris d'effroi. Elle n'a pas supporté de se retrouver nue dans cet espace confiné avec une eau qui jaillissait au-dessus d'elle. Elle a manqué à plusieurs reprises de glisser et de se faire mal. L'une des parois de verre s'est aussi fissurée sous les coups incontrôlés de Claudine apeurée. Louise s'était mise en colère et avait supplié ses filles de lâcher Claudine. Depuis ce jour, la toilette de Claudine se fait dans le calme avec un baquet d'eau chaude et savonneuse et un gant de toilette. Dès qu'elles le peuvent, Eliane et Laurence dorlotent leur sœur en lui faisant les ongles. La première fois Claudine ne s'était pas laissé faire, mais elle avait fini par accepter la contrainte. Les deux sœurs lui coupent les cheveux souvent et la coiffent. Elle reste tranquille tant qu'elle peut s'occuper les mains avec de la laine.

En les regardant aujourd'hui pleurer leur mère, je ne peux m'empêcher de me demander ce qu'elles deviennent et si elles ont réalisé leurs rêves.

Matin

Dans cette grande pièce, je cherche du regard les traces des étés où je suis venu. La belle cheminée a été nettoyée, mais la cuisinière à bois résiste encore et tient bien sa place. Le côté cuisine a été entièrement rénové. Il ne subsiste que l'étroit évier de pierre sous la petite lucarne et un buffet bas. La porte de la salle de bain a été changée. Le crépi, et la vieille peinture à la couleur improbable entre vert et marron ont été remplacés par un enduit ocre qui met en valeur la grande armoire en chêne massif. Elle est sagement appuyée contre le mur juste à côté de la chambre des filles. La fenêtre donnant sur la cour au-dessus du porche a été également repeinte. Les rideaux en coton crocheté laissent entrer la lumière mélancolique du temps pluvieux, gris et maussade. Un téléviseur récent a pris place près de la fenêtre, exactement devant l'ancienne niche du téléphone supprimée au profit d'étagères de bois. L'accès au logis percé dans la muraille centenaire est toujours aussi étroit et bas. Le linteau en forme d'accolade renversé a fait son apparition. Il se cachait sous la vétuste peinture. En guise de porte, un rideau de toile épaisse de couleur beige s'est substitué au vieux voilage usé d'inspiration florale.

Les employés des pompes funèbres sont obligés de se baisser à chacun de leurs passages. Je ne sais pas combien de fois j'ai observé Stéphane ou Antoine se cogner la tête au moment de gagner la chambre des garçons. Je me vois encore très bien dans cette pièce ces matins d'été au lever du soleil.

La maison est calme et tranquille. Seule Louise est déjà levée. Elle s'affaire au moulage des fromages de chèvre. Je suis assis autour de la grande table devant mon bol de café. Un récipient de verre jaune au trois quarts remplis d'un breuvage foncé dégageant des boucles de vapeur. Au milieu de la table, un pain de campagne à la croute épaisse et à la mie serrée s'extirpe d'un torchon en coton blanc. À côté, une assiette de porcelaine reçoit une belle meule de beurre et un couteau. Une autre soucoupe, recouverte d'un film d'aluminium, diffuse une odeur de jambon sec. Plus loin une boîte de fer ouverte expose des morceaux de sucre. Des « pèiras de sucre », « *des pierres de sucre* » comme dit Louise malicieusement. Le reste de la table accueille un ballet ininterrompu d'une dizaine de mouches affolées et affamées. La cuisinière a été alimentée en combustible par Louise.

L'endroit dégage un parfum de café, de bois brûlé et de fromage de chèvre. Le soleil n'est pas encore levé, mais la journée s'annonce chaude. Deux traits inondent la salle. L'un venant de la fenêtre, l'autre de la porte légèrement entrouverte. Le rideau à lamelles de plastique s'agite doucement sous l'effet de l'air matinal et dessine des ombres dansantes sur le sol de la grande pièce. Eliane et Laurence sont parties la veille pour les gorges du Tarn. Stéphane sommeille encore. Lucien et Claudine également. Antoine n'est pas rentré cette nuit. Il a dû rester dormir sur le causse. Juste avant que je descende avec Louise pour la traite du matin, Claudine écarte la tenture de séparation et pénètre dans la pièce. Elle est pieds nus et vêtue d'une simple chemise de nuit.

Ses yeux sont encore emplis de sommeil. Elle se frotte les paupières. Elle progresse d'un pas puis s'immobilise. Elle me regarde. Je crois deviner un sourire. Elle me connaît maintenant. Elle émet un léger gémissement puis s'approche de sa mère. Louise laisse tomber la louche dans le lait caillé et s'avance vers sa fille. Claudine, enserre Louise dans ses bras. J'ai l'impression qu'elle va la broyer tellement elle est grande et forte. Elle dépasse sa mère de plusieurs têtes. Louise est petite et menue. On peut la croire fragile, mais c'est un roc. Elle s'échappe de l'étreinte de sa fille.

> — Aquí vos vau. T'as tombat del lièch. *Te voilà. Tu es tombé du lit,* susurre-t-elle.
> — Vengan aquí. *Viens-ici,* poursuit-elle

Louise prend sa fille par la main et l'entraîne vers les chambres. Au moment où elle passe le seuil de la petite porte, je remarque qu'elle n'a pas pu se lever cette nuit et que sa chemise de nuit est souillée. Bien souvent elle réveille ses parents. C'est toujours Louise qui se lève et aide sa fille. Aujourd'hui, comme tant de fois, il faut laver et changer Claudine. Aujourd'hui, comme tant de fois, il faut enlever les draps de son lit.

Je finis de boire mon bol de café quand Anton surgit sur le pas de la porte et avec lui une bouffée d'odeur de mouton et de chien mouillés. Il ne quitte pas sa lourde cape. Il dépose juste son bâton. Son compagnon Mounpy reste sagement couché devant le seuil. Je ne distingue pas le visage du berger. Il s'assoit, marmonne quelques mots et sort son couteau. Je réponds avec un timide bonjour. Anton me fait un peu peur. Son air bourru et sa carrure impressionnante, toujours enveloppée dans sa pèlerine, m'intimident.

Louise revient dans la pièce avec sa fille qui lui agrippe le bras. Elle conduit Claudine jusqu'à sa chaise puis elle se rend directement au coin cuisine. Elle échange quelques paroles en langue locale avec Anton. Je ne comprends pas un seul mot. Le berger ne lève pas la tête. Dans le clair-obscur de la salle, je n'arrive pas à distinguer son visage. Louise revient vers la table avec un bol pour Anton et un pichet de vin rouge tout juste sorti du réfrigérateur. Elle met un autre bol face à Claudine puis attrape la vieille cafetière en inox qui cuit sur le rebord de la cuisinière depuis le lever du jour. Elle sert tour à tour sa fille et le berger. Anton a déjà empoigné le pain entre ses mains larges et craquelées. Il coince le pain sous son bras et avec sa main libre se saisit de son couteau. Il découpe deux épaisses tartines. Devant son bol de café encore fumant, Claudine fixe la table et tente, en vain, d'occire les mouches qui se posent en face d'elle avec son poing serré. Son geste est hésitant et maladroit. Anton lance à Mounpy, les deux pattes sur le seuil de la porte, des restes de jambon. Je regarde la vieille pendule accrochée au-dessus de la porte. Une simple coque de métal blanche recouverte de chiffres romains surmontés de deux longues aiguilles noires et ainsi que d'une plus fine rouge.

Dans le silence de ce matin d'été, elle égrène inlassablement le temps qui passe au rythme d'un petit claquement à chaque déplacement de la trotteuse. Je bois le fond de mon bol. Il est l'heure de descendre commencer la traite du matin. Je me lève et dépose mon bol dans l'évier. Sans dire un mot, Louise qui s'occupe de faire des tartines à Claudine, me toise, sourit et acquiesce du regard. Je suis fier de la confiance qu'elle m'accorde et elle sait qu'elle peut avoir foi en moi. Elle me rejoindra bientôt. Je salue Anton et je sors. Je donne une petite caresse à Mounpy qui s'impatiente sur le perron en remuant frénétiquement la queue. Mirette est resté à l'écart dans l'ancienne grange et attend que je passe devant elle pour me suivre. Le soleil n'a pas tout à fait franchi la montagne. Il fait encore bon, mais la journée s'annonce très chaude. Je descends l'escalier de la cour. Je la traverse en direction de l'étable. Le bruit du moteur de refroidissement du tank à lait ronronne doucement. L'insignifiante brise matinale, ramène vers moi les effluves nauséabonds de la fosse à fumier qui jouxte le bâtiment. J'ouvre les deux battants de la porte de la laiterie. Je prépare un seau d'eau chaude puis j'entre dans l'étable.

Le lieu est calme et tranquille. Il sent la vache et le foin. Certaines bêtes sont encore couchées. J'attrape le racloir pour nettoyer les logettes. Je rajoute de la paille si nécessaire puis je passe dans la grange pour sortir deux ballots de fourrage et le distribuer aux animaux. Au bout du bâtiment j'ouvre également la porte. La chienne Mirette met le nez dehors, hume l'air du matin, puis retrouve sa place sur l'allée centrale. Je reviens dans la laiterie pour enclencher le compresseur du mécanisme de traite. Le bruit du moteur rompt le silence de la cour de la ferme Chomazels et indique à tout le village que la récolte du lait commence. Je prépare les deux trayeuses et le bidon de lait que je dépose dans le couloir derrière les vaches. Toute cette agitation a fait se lever d'un coup toutes celles qui étaient encore allongées.

    Même si je ne suis là que quelques semaines dans l'année, il semble que les bêtes et moi nous sommes apprivoisés. Je me méfie toujours un peu des coups de queue et des mouvements de sabots des jeunes vaches qui essaient de se débarrasser de la machine. De deux en deux, les trayeuses passent dans les logettes pour récupérer le précieux liquide blanc et crémeux. J'aime déverser le contenu dans le bidon. Un flot immaculé, onctueux et encore fumant qui s'écoule dans le récipient en inox et dégage une odeur fraîche de foin et de lait. Louise ne tarde pas à me rejoindre avec Claudine qui la suit de près avec son sac de laine. L'une est un peu voûtée et se déplace en boitant légèrement. L'autre, grande et costaud, marche avec de petits pas saccadés. Toutes deux portent la même blouse de couleur lilas avec de minuscules motifs fleuris. Claudine s'installe, comme à son habitude, dans l'allée centrale. Elle s'assoit sur un ballot de foin ou sur la vieille chaise de bois. Elle ne voit que le contenu de son sac, posé sur ses genoux, en rentrant ses pieds vers l'intérieur. Elle choisit un bout de laine, le regarde, puis l'enroule sur ses doigts, le déroule et recommence. Elle ne s'occupe pas du tout de ce qui se passe autour d'elle. Pendant que j'avance la traite, Louise, remplis deux seaux de farine qu'elle mélange avec de l'eau. Elle distribue la préparation aux vaches avant de se préoccuper de deux d'entre-elles dont les pis sont malades. Je continue mes allers et retours pour emplir le tank à lait. Aujourd'hui le laitier vient pour collecter le précieux liquide et le vétérinaire également pour soigner une bête souffrante.

Le soleil inonde la cour et s'aventure sur le pas de la porte de l'étable quand la traite du matin touche à sa fin. Il dessine une belle ombre géométrique. Je déverse le dernier bidon et referme le couvercle du réservoir en inox. J'éteins la bruyante machine à air. Le calme matutinal et lumineux de cette journée d'été naissante reprend sa place. Louise, Claudine et moi regagnons la maison. Lucien déjeune avec Antoine. Lucien peste contre Stéphane qui ne parvient pas à se lever alors qu'il a deux parcelles à faucher.

— Te lèvas ! *Tu vas te lever !* hurle-t-il en direction de la chambre des garçons.
— Papa ! Ne t'inquiète pas comme ça ! Il va arriver ! rassure Antoine sans conviction.
— À son âge... tente Lucien.
— On sait, papa ! À ton âge, se moque Stéphane.

Lucien grommèle en lozérien et en mâchouillant un morceau de pain. En entrant, je ne vois pas Anton. Il est certainement déjà reparti dans la montagne pour retrouver son troupeau et son causse. Antoine enfile sa vieille veste militaire et sort de sa poche un paquet de cigarettes. Il s'avance sur le perron et s'en allume une. Claudine passe le seuil de la porte et pénètre dans la maison. Elle se précipite à sa place devant la cuisinière de bois. Elle s'assoit et reprend son activité favorite. Elle ne semble voir personne. Rien ne compte plus que ces bouts de laine. Son père, Lucien, lui sourit avec bienveillance, mais ne dit rien. Louise salue son fils puis rentre à son tour dans la demeure. Chez les Chomazels on ne montre pas beaucoup ses sentiments. Chez les Chomazels on n'a pas le temps d'être tendre. Chez les Chomazels on ne parle pas avec son cœur. Il est à l'abri derrière une armure de pierre aussi dure que les rochers de la montagne. De rares fissures apparaissent parfois. Louise s'affaire dans le coin cuisine. Elle range le modeste bidon de lait et démoule des fromages de chèvre de la veille. Elle échange quelques mots avec Lucien. Je comprends qu'il parle des bêtes malades. Stéphane entre à son tour avec du sommeil encore plein les yeux. Son père grimace. Lui, attrape un bol et le rempli de café. Je m'assois autour de la table pour prendre un petit encas avant de conduire le troupeau au « *champ rousse* ». Aujourd'hui on fane.

Lucien

Au-dehors la pluie redouble et vient frapper les carreaux de la fenêtre de la grande salle à manger. Je regarde Lucien. Il a troqué sa vieille tenue de survêtements bleu foncé et son sous-pull vert. Il est affublé d'un gilet marron usé et à grosse maille. J'aperçois dessous une chemise blanchâtre légèrement froissée et fermée jusqu'au dernier bouton. Les extrémités du col sont élimées. Il a enfilé par-dessus une veste de costume noir fatiguée. Lucien si maigre et menu paraît tout étriqué dans ses habits. Son sourire malicieux et ses yeux plissés ne laissent plus voir sa dentition abîmée. Il arbore un visage malheureux et incrédule. Les orbites rougies, il ne veut pas croire que Louise est partie. L'indicible est arrivé. Un des piliers de la maison Chomazels vient de disparaître. Entouré de tous ces enfants, il tente de faire bonne figure et de garder le cap.

Je songe à tous ces moments écoulés ici au Fonts dans la famille Chomazels. Des évocations précises du temps passé avec Lucien se rappellent à mon souvenir. Je les autorise à remonter doucement de ma mémoire.

Je ne sais pas grand-chose de l'accident qui lui a laissé, il y a bien longtemps, un pied infirme. La légende familiale parle d'un piège à loups quelque part du côté de Sauveterre ou bien d'un coup reçu par un taureau non loin du village de la Brousse sur le mont Lozère. Depuis ce jour il porte un gros soulier. Il boite et marche avec une canne. Souvent, au matin, j'ai croisé l'infirmière qui venait soigner les jambes de Louise, la hanche et le pied de Lucien. Il ne faut jamais converser de ça avec Lucien. Il ne répond pas ou bien il se met en colère et lève son bâton l'air furibond et menaçant. Il reste le même malgré son handicap et il désire le faire savoir au village et à tous ceux qui veulent remettre en cause sa force de travail.

Un matin nous sommes allés faucher plusieurs champs autour du hameau ruiné du Gerbal sur le pourtour du causse de Mende. Les prés sont de minuscules carrées de terre ceints de murets de pierres sèches. Chacun d'eux ne fait que quelques acres, mais il faut quand même récupérer le foin. « Fins al darrièr brin d'èrba ! », « *Jusqu'au dernier brin d'herbe !* » répète sans cesse Lucien. Au petit matin nous sommes partis vers le vieux lieu-dit. Lucien et Stéphane montés sur le tracteur Renault équipé de sa barre de coupe et de la faux tout juste aiguisée. Antoine et moi assis sur l'ancien Someca qui traîne la remorque et qui ramène l'herbe coupée. Lucien, malgré son pied diminué, est redoutable dans le maniement de la faux. Il passe aux endroits où l'engin motorisé ne peut pas s'aventurer. Ici, il y en a beaucoup. J'admire son geste efficace et précis. Sans se fatiguer et en appui sur son pied, il reste bien droit et il se tient bien en ligne face à la coulée. La large lame est posée au sol. La pointe est située à droite de Lucien et le manche un peu en retrait derrière lui.

J'adore quand il est prêt à commencer. Je ne me lasse pas de cette chorégraphie. Il esquisse un geste. Il opère un mouvement latéral des deux bras et amène le foin tranché à sa gauche. Le bruit du métal coupant qui sectionne l'herbe résonne encore dans ma tête. Chaque cycle dégage dans l'air un arôme volatile de fourrage frais. Puis il repousse la faux vers sa place initiale. La lame toujours posée au sol. Il s'avance d'un petit pas et recommence. Il ne fatigue jamais. De temps en temps, il sort son grand mouchoir. Il s'éponge le front ou coiffe son crâne avec le tissu et fixe sa casquette dessus. Il quitte rarement sa veste de sport sauf pour resserrer sa ceinture de flanelle. Sous sa veste, une chemise épaisse, même en plein été, et un pantalon de toile sombre et rayé. Une paire de bretelles pour le maintenir et la ceinture de coton pour lui préserver le dos. Stéphane et Antoine n'arrivent pas à convaincre de se reposer et de laisser les machines faucher les prés.

Lucien ne veut rien entendre et continue à effectuer les mêmes choses et les mêmes gestes que ses ancêtres faisaient avant lui. Stéphane et Antoine renoncent à lui faire entendre raison. Lucien Chomazels est têtu. Entre deux carrés d'herbes, Lucien s'assoit sur un bloc de roche à l'ombre d'une des maisons ruinées et fait chanter le métal de la lame de sa faux avec sa pierre à aiguiser. Le foin est jeté sur la remorque. Lucien échange sa faux contre son râteau de bois et ramasse jusqu'au dernier brin. Vers le soir nous redescendons avec le précieux chargement. Une partie nourrit directement les vaches. Une autre est étalée dans le pré bordant l'étable. Il est séché, retourné puis pressé avant que d'être entreposé dans la grange.

Aujourd'hui, je le regarde assis là. Ses yeux humides fixent la table. Ils ne sourient plus. Sa bouche est fermée et ses rides d'expression se sont figées. Posés sur le plateau, ses poings se serrent. Ses mains tachetées par le labeur et la vieillesse m'apparaissent, tout à coup, démesurément larges. Ses ongles longs et crochus sont aussi noirs que sa veste élimée. Il semble ailleurs. Je le crois sur les pentes du mont Lozère ou bien sur la lande du côté du col de Finiels avec « sa » Louise. Une partie de lui vient de s'éteindre. Il a l'air inquiet et désorienté. Henri, debout derrière lui, pose une main sur l'épaule de son père. La tâche des employés funéraires dure une éternité. L'attente est aussi pesante que les soirs d'orage où l'atmosphère devient irrespirable dans le village et sur la ferme des Chomazels.

Je me tiens toujours un peu en retrait de la famille et je laisse les souvenirs envahir mes pensées. Dans cette pièce je vois encore très bien les matins où les douleurs du pied de Lucien s'avèrent insupportables. Il serre les dents et ne dit rien. Je rentre de la traite avec Louise et Claudine. Lucien est assis sur sa chaise haute. Il est en chemise de nuit. Une de ces chemises en coton qui descendent jusqu'aux genoux. Il a les cheveux ébouriffés. La tête de quelqu'un qui n'a pas dormi. La douleur comme masque. À ses pieds, l'infirmière lui refait un bandage. Sur la table est posée une boîte en fer légèrement entrouverte d'où dépasse l'aiguille d'une seringue et un tube de pommade. J'ai souvent vu cette scène durant mes mois d'été passé au Fonts. Lucien nous regarde. Il se force à sourire et tente de nous faire bonne figure.

— Lo vièlh es a tirar. *Le vieux est à jeter,* nous assure-t-il avec un sourire au coin des yeux. Al riu ! *À la rivière !* poursuit-il. Coma los gats vièlhs. *Comme les vieux chats.*

— Quita Lucien ! *Arrête Lucien !* s'énerve Louise. Va vestir-te ! *Va t'habiller !* Le vétérinaire passe aujourd'hui, dit-elle.

Lucien part, tout penaud, se vêtir dans la chambre au bout du logis. L'infirmière qui connaît bien la famille Chomazels s'occupe surtout des jambes fatiguées et abîmées de Louise. Elle sort également une pelote de laine qu'elle donne à Claudine déjà installée sur sa chaise près de la cuisinière à bois. Celle-ci est prise de tremblement à la vue du cadeau qu'on lui tend. Elle s'agite sur son siège, trépigne et tape ses pieds sur le sol. Elle roule des yeux et arrache l'écheveau de laine des mains de l'infirmière. Elle émet un gémissement étouffé. Elle saisit au creux de ses poings son précieux trésor et le porte à hauteur de sa bouche. Elle plonge son visage dedans et balance délicatement sa tête de droite à gauche. La soignante laisse Claudine et repart près de Louise pour continuer les traitements. Lucien réapparaît dans la pièce. Il est habillé et peigné. Il ne se rasera pas aujourd'hui.

Depuis son accident au pied, Lucien promène toujours sa canne avec lui. Il n'est pas très grand, mais sa force est surprenante. Il est maigre et nerveux. Il peut être tendre et sensible.

Un matin d'été lumineux et chaud, après la traite des vaches, je descends dans la bergerie pour celle, manuelle, des chèvres. Je me souviens très bien de cette odeur vive et prégnante du lieu. Je retiens ma respiration quelques secondes. Il me faut bien plusieurs minutes pour m'habituer et rester dans l'endroit. Les chevreaux curieux et joueurs viennent se frotter contre moi et me lécher les mains. J'avance les pieds dans le fumier puant. Les animaux s'acclimatent un peu à ma présence et acceptent que je prélève leur lait. Je m'accoutume à l'odeur. Au début, maladroit et débutant, je n'arrive pas à faire tenir en place les bêtes et je renverse quelques pots de lait. Dans son enclos séparé, le bouc aux cornes dressées, bêle vers moi d'une manière inamicale. Heureusement qu'une barrière de bois nous isole. Une fois la traite terminée, je monte le lait dans la maison et le prépare pour la fabrication des fromages.

Je prends ma besace et je descends ouvrir aux chèvres. Mirette est un compagnon fidèle. Le chien m'aide à canaliser le troupeau dispersé et indiscipliné. J'emmène le bétail un peu au-dessus du village à la bordure de la forêt de sapins. Il y a là un pré pentu que Louise et Lucien laissent à disposition des chèvres. Les animaux les plus hardis grimpent sur les rochers qui entourent la parcelle pour attraper les feuillages verts et tendres de jeunes frênes. Je m'installe au milieu du champ. Le chien et moi, nous gardons nos distances avec le bouc. La matinée passe tranquillement. Étendu sur le dos dans l'herbe grasse, je croise mes deux mains sous ma tête et j'admire la montagne. En face, je contemple le ballet hypnotique de deux rapaces suspendus dans l'air et qui décrivent de grands cercles. De temps en temps ils battent légèrement des ailes puis repartent dans un long vol plané, calme et silencieux. Apaisant. Je regarde à l'occasion vers le troupeau où je lance Mirette dans les pattes des chèvres fugueuses ou des chevreaux aventureux.

Pendant ce temps je ne remarque pas le manège du vieux mâle. Il tourne lentement autour de moi en dessinant des cercles de plus en plus petits. Je ne me méfie pas. La chienne, assise sur ces pattes, veille et incline légèrement la tête face aux agissements étranges de la bête. J'ai tout juste le temps de me lever et de courir vers les arbres qui bordent le champ quand le bouc se dresse sur ses deux pieds arrière, redresse le museau et les cornes vers le ciel puis redescend et fonce vers moi tête baissée. Je détale aussi vite que je peux vers la haie salvatrice, mais le monstre se rapproche l'air décidé. Je prends appui sur une grosse pierre tombée du vieux mur et me hisse le plus haut possible pour attraper la branche d'un chêne. Le chien fuit en aboyant et se tient à l'écart. Je balance mon corps pour enlacer la prise avec mes jambes. J'arrive à me retourner et à grimper sur mon perchoir. J'échappe de justesse à la fougue du bouc. Mais il ne s'avoue pas vaincu et commence à tourner autour de l'arbre en donnant de temps à autre de violents coups de tête dans le tronc. Je manque de perdre l'équilibre et de me retrouver par terre face à l'animal furieux. La chienne Mirette semble s'amuser de la scène.

Moi, réfugié dans mon perchoir, j'attends que le bouc se calme et regagne le troupeau. Mon cœur s'apaise au rythme des coups de boutoir de la bête féroce contre l'arbre. Les minutes et les heures passent. Il n'abandonne pas et continue ses rondes et ses attaques. À l'heure prévue de midi, Mirette rassemble le cheptel de chèvres et chemine tranquillement vers le village et la ferme Chomazels. De mon mirador de fortune, j'observe la scène, impuissant. Le bouc fait le siège de mon refuge et ne déserte pas. Je m'efforce de trouver une position plus confortable, mais je m'accroche dès que le chêne tremble. Je fais deux tentatives pour descendre et m'échapper, mais la bête veille. Après une attente interminable, j'aperçois à l'entrée du champ, Lucien Chomazels. Il avance vers moi et l'animal en claudiquant. Le bouc qui a bien vu Lucien arriver, se dresse sur ses pattes et fonce vers lui la tête rasant le sol. Un nuage de poussière se soulève de la terre. Lucien s'arrête. Il est très calme. Il ne bouge pas et lève sa canne au-dessus de lui. Il serre le poing. J'ai peur que le monstre ne blesse sérieusement Lucien. Mais là, j'observe une chose inimaginable. L'animal se présente devant l'homme à la canne. Il n'est plus qu'à quelques centimètres de lui. Je ne veux pas regarder le carnage. Mais, au moment opportun, Lucien baisse d'un coup sec et avec une force peu commune sa cane sur le crâne de la bête furieuse. Le bouc s'arrête brutalement et s'effondre dans l'herbe. Il se relève et titube la langue pendante. Il repart vers le village en marchant doucement et la tête basse. Je descends de mon abri et rejoins Lucien.

> — Un aucèl estranh. *Un drôle d'oiseau,* sourit Lucien. Un bon còp al cap. *Un bon coup sur la tête.* Et voilà ! reprend Lucien.
> — Merci, dis-je interloqué et admiratif.
> — Allez ! À la maison ! C'est l'heure de manger ! déclare Lucien. En route !

La petite troupe marche en direction de la maison. L'animal belliqueux est bien encadré par Mirette. Il file droit même s'il essaie toujours de balancer des coups de tête au chien. Avec Lucien nous suivons les bêtes jusqu'à la ferme. L'incident animera les discussions autour du repas et aussi celle du soir lors de la traite. Tout le village est vite au courant. Le vacancier est gentiment moqué. Aujourd'hui on en parle encore. J'en suis sûr. J'esquisse un léger et court sourire intérieur en repensant à cette anecdote.

Je regarde Lucien. Il arbore un accessoire que je ne lui connais pas. Sous sa veste de tissu noir, il porte une chemise blanche et un gilet avec une poche haute dont dépasse une petite chaîne en or au bout de laquelle je soupçonne une montre à gousset. Je suis sûr que c'est un cadeau de Louise. Chez les Chomazels on vit de peu. La richesse c'est la terre. Mais je repense aux fins de semaine quand les filles les plus jeunes, s'apprêtent à sortir dans un bal de village ou, mieux encore, dans une de ces boîtes de nuit en vogue. Le ballet des voitures surbaissées avec aileron commence en début de soirée. Dans la maison, Eliane et Laurence remplacent les odeurs habituelles de la ferme par des parfums artificiels et fleuris. Assis sur son « *trône* », Lucien ne comprend pas trop toute cette agitation et ronchonne contre ces effluves qui lui chatouillent le nez. Ils préfèrent voir ces filles aider leur mère. Ils préfèrent voir ces filles autour de lui. Il maugrée contre ces jeunes garçons sûrs d'eux et aux cheveux gominés. Juste avant que les « *petites* » vêtues de lumière ne quittent la maison et entraînent avec elles cette traîne odorante, Lucien sort de sa poche un portefeuille craquelé et retire discrètement deux billets de banque. Il les froisse dans sa paume puis saisit d'une main les poignets de ses filles. De l'autre, il glisse alors l'argent dans le creux des mains de ses filles. Je me souviens très bien du visage de Louise. Elle grimace, mais elle fait mine de ne rien voir. Bouche fermée, elle fait des courts mouvements avec sa mâchoire, hausse les épaules puis retourne à la préparation des fromages de chèvre ou à la confection du dîner. Ce moment où Lucien attrape les mains de ses filles pour leur donner le billet est le seul dont je me souvienne où il a un contact corporel avec ses enfants. Chez les Chomazels on ne montre pas ses sentiments. Chez les Chomazels on ne s'embrasse pas.

Je balaie du regard la grande pièce où la famille s'est réunie. J'aperçois le vaste panier d'osier adossé à l'un des montants de la cheminée. Ce panier devient la propriété de Louise et Lucien un après-midi d'été près du pont sur la rivière. Ce jour-là j'accompagne Lucien au potager et dans le champ de luzerne pour modifier l'irrigation. Le travail consiste à l'aide d'une houe à défaire un barrage d'herbe et de terre pour le remettre ailleurs et changer la zone d'épandage. Ce matin-là un marchand ambulant de paniers d'osier et rempailleur de chaise à ses heures interpelle Lucien du haut du pont. S'ensuit une discussion improbable entre les deux hommes. Lucien parle dans la langue d'ici et l'individu aux paniers lui répond dans un dialecte qui ressemble à de l'espagnol. Il bredouille derrière une moustache et une barbe épaisse et broussailleuse. Je laisse les deux compères à leurs échanges et je m'affaire à déterrer de belles pommes de terre. J'ai rempli deux seaux quand Lucien et son interlocuteur se retrouvent côte à côte à l'entrée du pont. Ils se comprennent sans se comprendre. Après une bonne heure de discussion et deux sacs en toile de jute de tubercules, Lucien tape dans la main de l'homme aux paniers. Il sort l'argent de la poche de son pantalon et le donne à l'autre personnage. Lucien redescend au potager avec un immense panier d'osier. Le vendeur fait de grands signes de la main et disparaît dans la petite rue du village. Je devine un sourire derrière sa barbe touffue. Lucien dépose sa canne et son achat contre un muret. Il attrape un sarcloir et s'appuie dessus. Comme à son habitude, il soulève sa casquette pour la remettre et la réajuster sur son crâne.

> — Coneissi aquel tipe. *Je le connais, ce gars,* m'indique Lucien. Ces parents sont arrivés d'Espagne il y a bien bien longtemps, poursuit-il. Ils habitaient plus loin dans la vallée. C'est un vannier comme on en trouve plus, soupire-t-il.

Lucien baisse la tête et commence à désherber. Tout en avançant, Lucien me parle de sa Lozère et de sa famille. De ses enfants et de Louise. De ses champs et de ses bêtes. Il converse en français avec des mots de la langue du pays. J'essaie de comprendre. Je crois qu'il aime ces petits moments seul avec moi. On devient complice. Il me pose des questions sur mon entourage et la vie « dans le nord ». Il est détendu et ses yeux sont pleins de malices. Il rit de bon cœur et découvre sa bouche édentée. Il évoque ses douleurs et son pied infirme. Il parle de sa fille Claudine avec des larmes dans les yeux et le menton tremblant.

Louise

La pluie frappe toujours les carreaux. Le claquement résonne dans la grande pièce à l'ambiance pesante et silencieuse. Les préposés à la mise en bière sortent de la chambre. Ils sont prêts pour le transfert du corps de Louise dans son cercueil. Ils disent quelques mots à Lucien et aux enfants. Lucien lève son visage. Sans parler, juste au mouvement de tête, il autorise l'assemblée à rendre un dernier hommage à la défunte. Je laisse la famille y aller d'abord. Silencieusement et suivant leur rang de naissance, ils partent au fond du logis. Lucien leur emboîte le pas. Le patin usé de sa cane découvre l'embout sans protection. À chaque pas, la cane frappe le carrelage. Odette et Henri prennent Claudine par les bras et l'entraînent avec eux. Elle ne comprend pas ce qui se passe, mais elle se laisse faire et lâche ses morceaux de laine. La famille Chomazels disparaît derrière le vieux rideau de séparation.

Dans la pièce je me retrouve seul avec Anton et les cousins du village. Le berger est attablé, les coudes posés sur la toile cirée et la tête dans ses énormes mains rugueuses. J'ai l'impression qu'il se parle à lui-même. J'entends un monologue chuchoté dans une langue inconnue. Les cousins sont debout devant la grande armoire. Ils doivent être du même âge que Louise et Lucien. Ils habitent en haut du village. Chaque été lui vient chaque soir avec son pot à lait. Il tient salon dans l'étable. Toujours vêtu d'un bleu de travail usé, d'un gilet rapiécé et d'une casquette de tweed plate. Il demeure dans le bâtiment pendant presque toute la traite. Il parle de tout avec tout le monde au gré des passages dans l'étable. Souvent il s'assoit à côté de Claudine. Il essaie sans cesse d'allumer une cigarette au papier maïs jaune sortie d'une boîte bleue. Après deux bouffées, elle s'éteint. Il reste avec ce bout de cigarette collé entre ses lèvres. J'ai déjà entrevu sa femme à la maison. Elle vient de temps en temps garder et s'occuper de Claudine. Elle arrive toujours avec un cageot de légumes sous lequel elle cache des sucreries pour Claudine. Celle-ci le sait. Dès qu'elle aperçoit le panier sur la grande table, elle trépigne et émet un long gémissement. Louise n'aime pas ça. Elle le reproche souvent à la cousine.

Dehors, un chien aboie. Anton se redresse et hurle un ordre incompréhensible pour moi. Dans ce silence oppressant, je sursaute. L'animal se tait immédiatement. La cousine, surprise par l'intervention d'Anton, se dirige vers la cuisinière. Elle ouvre la trappe à bois pour y glisser deux bûchettes. Le cousin pousse la porte. Un grand bol d'air s'engouffre dans la pièce et allège l'atmosphère. J'entends le bruit de la pluie qui inonde le perron et s'écoule des lauzes des toits. Elle commence à ruisseler sous le porche pour regagner le ruisseau voisin. Je lève le regard vers la fenêtre. Les rideaux de dentelle jaunis laissent passer une lumière grise et froide. Je repense à ces journées d'été étouffantes où l'orage menace et finit par éclater vers le soir. La pluie grasse tombe en cascade. La température chute et la clarté décline. Elle est parfois zébrée d'un éclair blanc et éblouissant. Le ciel se déchire et le tonnerre résonne dans toute la vallée. Le Bramont se gonfle et charrie de la terre ocre. Le torrent épais se fâche et vient se cogner avec violence sur les rochers et les piles du vieux pont impassible. La rivière met plusieurs jours pour apaiser sa colère et retrouver son calme diaphane. Les truites se cachent et attendent.

Les uns après les autres, les enfants Chomazels reviennent dans la salle à manger. Ils ont les yeux rougis et portent leur sanglot. Claudine lâche brusquement la main de Michèle et bouscule sa sœur Odette et son frère Antoine pour regagner sa place près du foyer. Elle récupère adroitement son paquet de laine. Elle l'ouvre avec fougue puis attend quelques secondes avant de choisir un brin qu'elle tire délicatement entre deux doigts. Je réponds au regard des enfants par un sourire de circonstance. Lucien passe sous le rideau et revient s'asseoir à sa place au bout de la table. Zénaïde attrape un plateau et récupère dans le grand buffet quelques tasses de porcelaines blanches. Celles des belles occasions. Elle pose le tout au milieu de la table, puis elle se dirige vers le coin cuisine où une cafetière électrique pleine maintient au chaud un liquide noir et fort. Je ne vois plus l'ancienne cafetière. Celle qui trône habituellement au milieu de la cuisinière. Celle dont la base encrassée fournit un breuvage fort et foncé.

Je fixe Lucien et attends qu'il acquiesce avec ses yeux puis je me glisse sous le rideau et gagne le fond du logis. Je passe la première pièce où j'ai souvent dormi avec Antoine et Stéphane. Elle est toujours encombrée et l'odeur de la bergerie située en dessous est prenante et me monte au nez. J'arrive dans la belle chambre où repose Louise. Je ne viens presque jamais dans cette salle. Deux ou trois fois dans mon souvenir. C'est la grande pièce de l'ancien logis. Elle est vaste et très haute de plafond. Il y a deux fenêtres à meneaux. L'une donne sur la petite rue du hameau au croisement de la route vers l'école et de celle qui s'élève dans le village. L'autre ouvre sur l'allée empierrée qui amène dans la cour de la ferme. Elle est orientée au nord et surveille le pont sur la rivière. Le sol de la pièce est pavé avec des carreaux de terre rouge en forme de pentagone. Un simple rideau permet de séparer le couchage de Claudine et celui de ses parents.

La porte d'entrée de la chambre est en bois et ne ferme plus. Juste devant, à un mètre environ, une cloison masque un peu le reste de la pièce. Il faut la contourner pour se retrouver au centre de la salle. Le long du mur du fond se dresse une immense et lourde armoire en bois massif. Elle est là depuis toujours et renferme les souvenirs et les richesses de Louise et Lucien Chomazels. À droite de la fenêtre, un ancêtre sévère dans un cadre jauni et poussiéreux surveille le lit. Sous la baie ouvrant vers le village vient se caler un bahut de toilette surmontée d'un plateau de marbre. Dessus on trouve une bassine et un pichet émaillé blanc et abîmé. Au-dessous se cache un seau d'aisance. Contre la cloison et en face du lit, une table supporte deux tas de linge. Les deux tables de chevet sont encombrées de boîtes de médicaments et de tubes de crème. Dans un coin de la chambre, un pot de terre tente de faire pousser deux cannes de marche en bois. De l'autre côté, la séparation de tissu suspendue à un filin est ouverte sur l'univers de Claudine. Une chaise de bois en guise de tablette et un lit en fer forgé avec des montants qui dessinent des volutes en forme de « S ». Sous le lit, je distingue trois paires de chaussures parfaitement alignées. Derrière le lit, une petite commode est recouverte d'un monceau de laine chamarrée aux textures variées.

Aujourd'hui, la pièce est sombre. Les fenêtres sont habillées de gris et pleurent. De longues coulées de larmes glissent sur les vitres. Deux candélabres ont été disposés de chaque côté du lit. Les flammes des bougies dansotent autour de Louise, étendue au milieu du lit. Une odeur de cire emplit la pièce. Des jeux d'ombres et de lumières tapissent les murs. Le rideau de séparation d'avec le lit de Claudine est tiré. Le long, un cercueil posé sur deux tréteaux, attend. Je m'approche du lit de Lucien et Louise. Elle me paraît minuscule au centre de la couche. Comme perdue au milieu du nid. Son visage ridé semble apaisé. Ses paupières sont closes. Je me rappelle les soirées d'été aux discussions interminables qui s'avancent profondément dans la nuit. Louise, épuisée par une journée harassante, se laisse glisser vers le sommeil. Assise sur sa chaise près des fromages de chèvre et de la cuisinière à bois, elle baisse la tête et ferme les yeux. Sa mâchoire fait encore quelques mouvements, puis elle s'endort.

Sur ce lit, les rides du sourire qui maquillent ses yeux ont disparu. Je reconnais le travail d'Eliane et de Zénaïde pour apprêter leur mère avec amour. Louise ne porte pas son habituel fichu de tissu. Elle est vêtue d'une robe sombre et d'un chemisier blanc brodé à manches longues. Elle a aux pieds des souliers de cuir noir. Ses cheveux sont soigneusement peignés vers l'arrière et dégagent son front plissé. Ses joues sont creusées. Sa fine bouche fermée découvre des lèvres étroites. Son menton est légèrement relevé et semble dire aux derniers visiteurs : « Pren de vacanças ! Contunhatz sens ieu ! », « *Je prends des vacances ! Continuez sans moi !* ». Je souris intérieurement. Louise à l'énergie presque inépuisable se repose. Elle est allongée là, immobile, et tiens entre ses doigts trois fleurs d'adonis de printemps séchées auxquelles les lumières des bougies redonnent leurs couleurs jaune flamboyant. Elle ne part pas sans son mont Lozère. Celui qu'elle aime tant. Elle retourne chez elle.

Dès que j'ai mis les pieds dans la ferme Chomazels, Louise m'a pris sous son aile. Même si elle ne comprend pas que je perde mon temps ici. Elle m'a accueilli comme l'un des siens. Je dois avoir huit ans. Presque neuf ans. « Vacancier » d'abord et toujours, mais avec cette particularité d'être un peu commis de ferme. Pour Louise je suis un « drôle ». « Qu'es un dròlle ! », « *C'est un drôle celui-là !* » répète-t-elle sans cesse en arborant un large sourire et en plissant les yeux. Je repense à tous nos cheminements côte à côte pour tous les travaux de la ferme. Ramasser de la luzerne pour les lapins. Déterrer des pommes de terre pour le dîner. Aller chercher les chèvres éparpillées dans la forêt qui surplombe le village. Conduire les vaches au pré ou ramener le troupeau de bêtes pour la traite du soir. Récupérer les œufs des poules qui assiègent une vieille bâtisse en ruine. Nourrir les cochons avec le petit lait et les épluchures de légumes. Elle me parle dans la langue de son pays et moi je ne comprends pas. J'aime entendre la chanson de cette langue ensoleillée. Plein de malice dans les yeux, elle me décrit sa montagne et sa Lozère. Souvent notre duo se transforme en trio quand Claudine vient avec nous. Elle avance à petits pas et porte toujours avec elle son sac de laine. Au pré ou au jardin, elle s'assoit, pose son cabas sur ses genoux et choisit un brin qu'elle regarde de longues minutes puis qu'elle passe entre ses doigts ou qu'elle roule en pelote.

    Debout, immobile, devant la dépouille de Louise, je me remémore toutes les tâches qu'elle accomplit chaque jour pour la ferme et pour la famille Chomazels. Elle ne s'arrête jamais. Je ne la vois que durant l'été et j'imagine aisément son travail tout au long de l'année et même pendant les mois d'hiver. Louise née sur les pentes du mont Lozère soulève des montagnes sans se plaindre et sans rechigner. Têtue, elle œuvre même blessée ou malade. Louise a la tête aussi dure que le rocher en forme de lion qui garde l'entrée de la vallée. Je sais que lorsqu'elle décide quelque chose elle va jusqu'au bout. Avec Lucien, ils se disputent parfois et toujours en langage local. Le ton monte vite. Je vois Louise serrer la mâchoire. J'aperçois ces mandibules bouger derrière sa peau fine et ridée. Quand Lucien se tait puis détourne les talons, relève sa casquette et tape sa canne au sol, c'est Louise qui a le dernier mot. Même si elle paraît plus douce avec ses fils, surtout l'aîné, Henri et le plus jeune, Stéphane, elle est sévère et rude avec ses neuf enfants. Elle peste tout haut quand ses filles partent le soir avec des chevaliers motorisés pour des fêtes de village ou des boîtes de nuit. Elle marmonne en se moquant quand Antoine débarque à la maison avec ses amis chevelus pour de longs débats politiques. Mais Louise prépare quand même le repas. Elle ne tarit pas d'éloges pour Henri. Elle console souvent Zénaïde et ses amours malheureux. Elle ne voit pas beaucoup ses filles aînées, Odette et Michèle. Louise apprécie les avoirs chez elle pour partager le déjeuner dominical. Je pense tout à coup au civet de Louise. Des odeurs de cuisine viennent me chatouiller les narines. Elle prépare ce plat lors des grandes occasions. C'est sa spécialité. Son onctueuse sauce au vin est un régal. Je n'en ai jamais mangé d'aussi savoureux. Elle part sans avoir eu le temps de m'en donner la recette et le secret.

Louise est un peu plus distante avec ces deux petits enfants. Depuis que Claudine est née, elle a toujours un enfant accroché à ses souliers. Louise habille et lave Claudine tous les jours sauf quand, de temps en temps, ces filles la remplacent. Louise est la seule à subir les colères de Claudine. Avec les années, elle est devenue forte. Ces coups peuvent être violents. Elle ne se rend pas compte de sa puissance. Elle refuse de manger et d'un revers de main jette son assiette au sol. Elle refuse de se vêtir, se débat et pousse des hurlements. Louise attend patiemment qu'elle se calme et finit par lui faire accepter son vêtement. Claudine refuse de sortir. Elle se lève et gesticule dans tous les sens. Elle balance ses bras. Parfois l'une d'elles redescend sur la figure de Louise. Elle déteste les chiens et les chats. Dès qu'un de ceux-là s'approche de trop près, elle lance des coups de pied dans leur direction. De temps à autre, elle en touche un. La pauvre bête s'éloigne en couinant.

Elle fait de fréquents cauchemars et se lève toutes les nuits. Louise se lève également. Mais Claudine enlace tendrement sa mère et la serre dans ses bras de longues minutes. Elle aime s'asseoir très près de sa mère et lui caresser doucement les cheveux. Elle entortille les mèches entre ses doigts. Elle pose sa tête dans le cou de sa mère et ferme les yeux. Louise ne lui confie que des tâches de portage. Claudine ramène les légumes du potager ou le linge séché. Une seule fois, un soir d'été, j'ai vu Claudine appuyer son paquet de laine à côté d'elle puis se lever et saisir un châle pour l'installer délicatement autour des épaules de Louise assoupie sur sa chaise. Les rares fois où Anton descend du causse et vient prendre ses repas chez les Chomazels, Claudine s'amuse à imiter le berger. Elle reproduit à l'identique tous ses gestes. Anton s'en aperçoit vite et ralentit ses mouvements ou en rajoute de nouveaux. Je pense que Claudine rit, mais son visage est impassible. Louise l'a remarqué rapidement.

— Aquí una mariòta. *Voilà une marionnette*, s'amuse-t-elle.

Je regarde cette grande pièce. Louise se repose. Je fixe mon attention sur ses mains larges et calleuses qui protège les petites fleurs jaunes. Je m'interroge intérieurement sur l'avenir de Claudine et Lucien sans elle. Je me demande si l'âme de la famille Chomazels va s'en aller. Lucien est sans Louise. Claudine est sans Louise. Les enfants sont sans Louise. La maison, le logis et l'étable sans Louise. Seul, face à Louise, je songe à tous ces moments où elle s'est livrée à moi, l'« estrangièr », *l'« étranger »*. Entre deux désherbages manuels des rangs de carottes, elle se confie à moi au sujet de ses enfants, de Claudine ou de Lucien. Elle me parle, tout en retenue, de ses rêves de jeune fille. Des grands espaces du mont Lozère où elle aime se perdre. Elle évoque sa venue au Fonts, dans la vallée. Elle me raconte avec peu de mots son accident et la naissance de Claudine. Elle n'exprime pas de regret, mais elle me relate la dureté de la vie d'ici. « La vida d'aquí », « *la vie d'ici* », répète-t-elle sans cesse. Elle veut que je lui raconte la ville ; alors que je vis à la campagne ; et la vie « au nord ». Elle me parle de l'importance des études. Elle me voit bien médecin, avocat ou ingénieur. Tous les jours elle se demande pourquoi je suis dans cette vallée perdue et quels plaisirs je viens chercher là. Je lui parle de nature, de montagne, de torrent et de forêt. Je lui parle des animaux et de la ferme.

> — Es un país dur. *C'est un pays dur.* Toi ! Tu es un gars de la ville ! Que viens-tu faire ici ? Pour vivre ici il faut y être né ! C'est beau l'été, mais l'hiver ! L'hiver…

Louise m'a montré comment travailler à la ferme. Elle m'a montré comment traire les vaches ou les chèvres à la main. Avec elle j'ai appris à soigner les animaux et à moudre la farine. Je sais élaborer les fromages de chèvre et sarcler les légumes. Louise m'a donné des notions de langue locale pour conduire les troupeaux et commander au chien. Je revois régulièrement ces matins dans l'étable avec Louise. Nous ne parlons pas beaucoup, mais chacun connaît quelles opérations doivent être réalisées pour préparer la première traite. C'est le moment où le reste de la famille Chomazels dort encore. Malgré le travail à faire, Louise profite de ce moment à elle, entourée de ces vaches. Bien souvent je l'entends qui leur parle. Elle utilise une intonation rude et sèche pour celles qui sont « *méchantes* » et qui ont le coup de tête ou le coup de pied facile. « Es malauta », « *elle est méchante* », m'indique Louise en parlant d'une certaine Blanchette. Pour Capucine le ton est tout à fait différent. Il est calme et posé ; presque doux. Elle converse longuement avec l'animal dont les oreilles bougent délicatement d'avant en arrière comme pour la remercier. Louise ne discourt avec les animaux qu'en langue régionale.

Quand tout est prêt pour le début de la traite, elle souffle à peine et s'assoit quelques minutes. Elle soulage un peu ses jambes meurtries et fatiguées. Dans l'étable, elle troque ses vieux souliers pour une paire de chaussons usés, mais confortables. Tous les deux, on discute de la Lozère. Je lui parle de la beauté du site, des montagnes et du torrent ; des forêts et des causses. Elle me parle de sa montagne et de son enfance. Des grands espaces et de son village du Fraissinet-de-Lozère. Elle s'exprime avec nostalgie et émotion sur ses parents et ses frères et sœurs. Elle me raconte son Lucien. Elle n'évoque jamais sa fille Claudine. Je ne pose pas de question. Je sens que parfois elle veut m'en dire plus. À d'autres occasions, une larme naît au coin de ses yeux qu'elle essuie aussitôt d'un revers de main. Elle s'inquiète pour ses enfants. Elle regrette qu'Antoine ne souhaite pas reprendre la ferme. Elle peste sans cesse contre ses amis. Elle trouve perdus d'avance ses combats comme celui du Larzac. « De toute façon il n'y a rien sur le Larzac ! Des moutons et des cailloux ! » répète-t-elle continuellement. Puis elle marmonne dans la langue du pays. Elle qualifie Stéphane de trop jeune et encore immature. Elle s'attriste de la situation de sa fille Zénaïde qui s'amourache toujours de types louches. « D'idiòts pichons ! », « *des petits cons !* », comme le dit Louise. Elle aimerait que ces deux filles Eliane et Laurence trouvent un travail stable « *à la ville* ». Elle regrette qu'elles sortent autant pour dépenser inutilement de l'argent. Elle sait très bien que Lucien leur en donne en douce.

Deux fois par semaine, elle ne manque jamais les marchands ambulants. Le premier est un boucher jovial et bavard qui arpente les villages et les hameaux les plus reculés de la vallée. Il annonce l'arrivée de son camion blanc avec un avertisseur puissant qui tente de jouer maladroitement la « *cucaracha* ». Il propose une gamme variée de viande et de charcuterie. Louise choisit toujours un bon morceau de saucisse et se surprend parfois à acheter du jambon « *glace* » comme elle dit. Le second roule son épicerie dans un camion « *tube* ». C'est un grand type avec une blouse grise. Un carnet à souche dépasse habituellement de sa poche haute. Il cale derrière son oreille un stylo ou un crayon. Il note avec précision les courses des habitants. Louise s'y précipite pour se procurer des fruits, des gâteaux, du café et du chocolat. Elle y rencontre les autres villageois. On y tient salon autour du véhicule garé près du ruisseau.

Assise près des vaches, elle prend quelques minutes pour elle. Le plus souvent elle en profite pour retirer de la poche de sa blouse un bout de chocolat noir bien empaqueté dans un papier d'aluminium.

Elle le dépiaute lentement et casse un petit morceau qu'elle pose avec délicatesse sur sa langue. Par égard pour les quelques dents qui lui restent, elle laisse fondre la friandise dans sa bouche. Elle me tend un fragment. C'est la seule gourmandise que je lui connaisse en dehors des myrtilles et des fraises qu'elle se plaît à manger directement sur les plants. Les journées de Louise sont interminables. Elle commence bien avant le lever du soleil et s'achève bien après que la nuit soit tombée. Épuisée, elle somnole un peu après le souper. Lorsque la tablée est nombreuse. Comme souvent le soir chez les Chomazels. Je sais que Louise aime se laisser glisser vers le sommeil quand elle est assise près de la cuisinière à bois. Elle est bercée par les discussions. Claudine n'est jamais très loin de Louise. Elle profite de ce que sa mère est assoupie pour déposer sur ces genoux une pelote de laine qu'elle vient d'enrouler. Elle peut aussi jouer avec les cheveux de sa mère endormie.

Je me tiens debout devant Louise et mes souvenirs défilent dans ma tête comme la pellicule d'un film sur un vieux projecteur. La chambre est glaciale en dépit des bougies qui se consument lentement autour de la défunte. Je suis brutalement ramené à la réalité quand les hommes en noir font irruption dans la pièce. Ils sont suivis par Lucien. Il s'approche de moi et m'attrape la main. Il serre fortement mes doigts.

— Je suis content que tu sois là ! Nous voulions partir ensemble ! Et Claudine ? Claudine ? Que vais-je faire ? dit-il avec une voix étranglée.

Je baisse mon regard vers Lucien. Sa casquette est légèrement relevée et découvre quelques cheveux blancs ébouriffés. La peau de son visage émacié et mal rasé est tachetée et ridée. Le contour de ses yeux est rouge. Ses joues sont creusées. Je ne prononce pas un mot. Je n'y arrive pas. Seule ma figure exprime de la tristesse et de la compassion pour Lucien et la famille Chomazels. La poigne du vieil homme est encore très puissante et me broie les doigts. Je veux m'échapper, mais il n'y a rien à faire. Lucien me garde avec lui. Pendant ce temps le corps léger et apaisé de Louise est déposé dans son cercueil. Le reste de la famille vient d'entrer et nous entoure. L'un des employés funéraires s'apprête à refermer la bière quand Lucien soulève sa canne à l'attention de l'homme en noir.

— Encore un moment s'il vous plaît ! intervient-il.

Claudine est là également. Elle est soutenue par Henri et Odette. Elle ne semble pas comprendre ce qui se passe. Anton est un peu en retrait. Lucien me tient toujours la main. Je sens, à la pression de ses doigts, qu'il aimerait dire quelques mots. Il a du mal à déglutir à cause de son col de chemise trop serré. Il respire profondément. Il lâche ma main et s'appuie sur sa canne avec ses deux paumes. Il s'avance jusqu'au cercueil.

— Caliá partir amassa mas ès partit sens ieu. Auriái tant aimat que veses un darrièr còp ta montanha. Lo mont Losera pèrd una de sas flors. *On devait partir ensemble, mais tu es parti sans moi. J'aurais tant aimé que tu vois une dernière fois ta montagne. Le mont Lozère perd une de ses fleurs*, s'étrangle Lucien. Nous devons rester soudés ! Nous sommes les Chomazels ! Je suis fier de notre famille ! Je suis fier des enfants qu'elle m'a donnés ! Aujourd'hui je pleure ma femme. Vous pleurez votre mère, mais demain on parlera encore de Louise ! Elle est descendue du mont Lozère avec moi. Elle aurait tant voulu revoir une dernière fois sa montagne. Mes enfants. Je n'ai jamais fait d'étude et je ne sais pas faire de long discours, mais regardez bien votre mère étendue là ! Elle était comblée avec vous tous. Elle était infatigable. J'espère l'avoir rendue heureuse. On a bâti ensemble une belle ferme et une grande famille. Elle doit toujours être un exemple pour vous. Nous devons trouver une solution pour Claudine. Je compte sur vous tous. Votre sœur aînée a besoin de vous. Moi aussi, je suis vieux. Je ne vais pas rester sur cette terre de Lozère bien longtemps. La vie doit continuer, dit Lucien avec des sanglots dans la voix.

Lucien marque une longue pause puis il avale sa salive.

— Nòstra vida es la tèrra. *Notre vie c'est la terre.* Luisa torna a sa montanha. *Louise retourne dans sa montagne,* se lamente Lucien.

Dans la grande chambre, l'atmosphère est lourde. Un silence indéchirable enveloppe toute la pièce. Les fumées des bougies éteintes montent avec lenteur jusqu'au plafond. Après des minutes interminables, Lucien se recule du cercueil. Les employés funéraires posent avec précaution le couvercle. Je vois disparaître le visage de Louise. La dernière chose que j'aperçois ce sont ses mains et les fleurs séchées. Je me retire discrètement et je laisse la famille se recueillir.

J'ai besoin de sentir l'air frais. Je passe le salon et je sors sur le perron. La pluie s'est arrêtée. Le sol est détrempé et une épaisse brume s'élève au-dessus du village. Je respire à plein poumon. Je descends les marches vers le porche sous la maison. Je m'approche de la bergerie. Je pousse le battant du haut. Le panneau est à peine ouvert, que les chèvres se précipitent et bêlent à l'unisson. Elles ne sont pas sorties aujourd'hui. Les chevreaux intrépides s'aventurent plus près encore. Je referme lentement la barrière. Je remonte dans la cour et je me dirige vers l'étable. Les chiens de la maison me reniflent et me suivent. Seul celui d'Anton reste sur le perron et au seuil de la porte. De l'eau s'écoule du toit sur la façade. Je passe le corbillard ouvert. Près de l'entrée du bâtiment, je peux sentir l'odeur du foin qui remplit la grange voisine.

Je pousse la porte et m'engage dans la laiterie. Rien n'a bougé. Le tank à lait est fermé et les pales tournent. Le calendrier de l'année est bien accroché. La quantité journalière de lait est scrupuleusement notée. Je reconnais le style de Louise. Même si elle a n'a pas fait d'étude, elle écrit très bien. Une belle calligraphie cursive et soignée avec des majuscules amples et arrondies. Chez les Chomazels c'est elle qui rédige tous les courriers. Elle porte une attention toute particulière à l'orthographe. Elle parle souvent de son instituteur Jean Coudrech, son fils Henri à la même façon d'écrire que sa mère. Il en est très fier. Je poursuis ma visite en poussant la porte ouvrant sur l'étable. L'endroit est plus calme que la bergerie. Les vaches ne vont pas au pré aujourd'hui. Une quantité suffisante de foin leur a été donnée. Je reconnais le son métallique des attaches qui maintient les animaux dans les logettes et le bruit des abreuvoirs automatiques. Il me semble tout à coup qu'il manque quelque chose ici. Une présence. Celle de Louise. Je suis triste. J'exhale ce mélange de parfum unique et remarquable qui m'a accompagné des étés durant. Les senteurs de paille et de fourrage. Celle de la farine et du tourteau de soja. L'odeur des vaches et du fumier. L'odeur de la luzerne et celle du lait. Je passe dans l'allée du milieu et je m'assois sur une botte de foin. J'arrache un brin d'herbe. Je le coupe en deux et je mets un des deux bouts dans ma bouche. Je salive et le goût de l'herbe se diffuse sur ma langue et mon palais. Les vaches qui ruminent tranquillement et en battant la mesure me regardent avec perplexité et étonnement. Quand le jus de l'herbe se tarit, je me lève et je le jette par terre. Je ressors de l'étable par la grange pour sentir la douce chaleur du foin qui repose.

Au moment où je me retrouve dans la cour, les employés descendent de la maison en portant le cercueil de Louise. Ils le glissent dans le fourgon et installent dessus une couronne de fleurs. Ils referment la porte arrière. Le responsable vient dire quelques mots à Lucien. Toute la famille Chomazels se tient sur le perron. Le corbillard démarre et avance doucement dans l'allée. Lucien monte en voiture avec Henri, la femme de ce dernier et leurs enfants. Claudine est entraînée par Odette et Michèle. Elles grimpent dans le véhicule d'Antoine. Les plus jeunes prennent la voiture de Stéphane. Le cortège gris se met en route vers le village de Saint-Bauzile. Avant de rejoindre la petite église, je fais quelques pas dans le hameau en deuil. Devant la maison des Chomazels, côté village, un registre de condoléances a été installé sur un tissu de velours noir épais. Une boîte transparente posée dessus le protège de la pluie.

Sur la porte de bois, je regarde avec nostalgie la vieille boîte aux lettres rouillées qui ne tient plus que par une attache. Son ouverture, à la peinture écaillée, ne ferme plus et se balance dans le vent glacial. Alors que je passais mes étés ici, je venais régulièrement y chercher des nouvelles des miens dès que j'apercevais la voiture jaune qui traversait le vieux pont à toute allure ou quand je revenais du ramassage des œufs dans l'ancienne étable devenue poulailler depuis que les vaches ont emménagé dans le bâtiment neuf.

Je remonte le col de mon manteau et suis la rue principale. Je longe la résidence des cousins de la famille et je sors du bourg en direction de la forêt. Je m'arrête à l'orée du bois et je regarde les toits, les couleurs ternes des lauzes qui couvrent les demeures. Quelques cheminées fument et ajoutent du gris à la brume qui s'échappe et s'accroche aux arbres silencieux.

J'ai froid. Je glisse mes mains dans les poches de mon manteau. J'aperçois le cortège qui passe le vieux pont. En redescendant, je croise Anton qui remonte vers le causse. Son fidèle compagnon trottine à ses côtés. Sous sa cape je ne distingue pas son visage. Il tient entre ses doigts son bâton et marche d'un bon pas. Quand il me voit, il ralentit un peu, relève la tête et mâchouille quelques paroles. Je saisis qu'il ne reste pas et qu'il déteste les cérémonies religieuses. Il va rejoindre ses brebis et pleurer Louise seul sur le plateau. Nous échangeons quelques mots inintelligibles l'un pour l'autre, mais l'intonation suffit pour se comprendre. De façon étonnante il abaisse sa capuche. Je peux apercevoir son visage pour la première fois. Il a un regard dur et un faciès de boxeur. Sa peau est tannée et burinée par le causse et la vie au grand air. Ses yeux sont tristes, mais il sourit et découvre une bouche gâtée. De manière soudaine et inattendue, il me serre dans ses bras si fort que j'ai du mal à respirer. J'ai la tête enfoncée dans sa houppelande. L'étoffe est imprégnée d'une odeur de chien mouillé, de paille et de mouton. Quand il relâche son emprise, je reprends mon souffle. Il me tient par les épaules et me regarde droit dans les yeux.

— À Fonts nyaraló. *Le vacancier des Fonts,* dit-il d'un air entendu.
— Louise hiányozni fog. *Louise va nous manquer*, s'attriste-t-il.

Il me libère puis il replace sa cape sur ses omoplates. Il ajuste sa capuche et poursuit son chemin. Il fait un signe de la main à son chien. Je les regarde s'éloigner. Bientôt ils disparaissent dans la brume et les sapins. On entend que le bruit du bâton d'Anton sur le sol rocheux qui se répète en écho. Je redescends doucement dans le village. Je passe sous l'ancien moulin en longeant le ruisseau. Je remonte le petit sentier empierré et moussu jusqu'au chao rocailleux. Avec ce brouillard humide, je n'arrive pas à distinguer l'aven où l'on jouait à se faire peur avec Stéphane. Je rebrousse chemin et contourne la vieille école dont il ne subsiste que la clochette qui surmonte l'entrée de la cour. Je longe le logis Chomazels et pénètre dans la ferme déserte gardée par les deux chiens de la maison. Je débloque les portières de la voiture. J'ouvre celle du passager et j'ôte mon manteau. L'air froid et humide me glace le visage. Je dépose mon vêtement et claque la portière. Je m'installe derrière le volant. À travers le pare-brise mouillé et les gouttes d'eau qui glissent sur la vitre, je regarde l'étable quelques minutes encore en repensant à tous ces beaux moments que j'ai vécu ici. Je laisse la famille Chomazels se recueillir. Je songe à Lucien et à Claudine. Je quitte, à regret, le cœur lourd, le village des Fonts. Je démarre la voiture. J'avance au pas dans l'allée. Je longe le ruisseau et traverse le vieux pont. Je me surprends à rouler tout doucement. Je récupère la route nationale vers Balsièges. Je jette un regard nostalgique sur le « *pré Laurent* » en contrebas de la chaussée. Le Bramont a pris une couleur ocre. Je passe sous les yeux du gardien de pierre qui surveille l'entrée de la vallée. Déjà je m'éloigne. La radio diffuse un morceau envoûtant et mélancolique où un piano dialogue avec un oud. Des notes délicates qui nous invitent à contempler les vagues quand elles glissent sur le sable et viennent vous lécher les pieds. Je continue ma route vers le sud et mon lieu de vie actuel.

Après

Dans la grande salle à manger, tous les enfants Chomazels entourent leur père. Il y a déjà dix jours que Louise a été inhumée au cimetière de Saint-Bauzile. Si Eliane, Laurence, Henri, Antoine sont repartis travailler, Odette, Michèle, Zénaïde et Stéphane sont restés à la maison avec Claudine et Lucien. Stéphane a repris sans attendre les tâches de la ferme. Même si l'hiver approche, il y a beaucoup à faire. Chez les Chomazels, on fait face, mais Lucien et Claudine apparaissent tristes et ils semblent ailleurs. Claudine a manifesté plusieurs fois, avec une certaine violence, l'absence de sa mère. Ces sœurs aînées ont réussi tant bien que mal à la calmer et à la rassurer. Toute l'harmonie de la famille est chamboulée. Le fonctionnement change également. Claudine est complètement perdue. Lucien est fatigué. La ferme n'est plus du tout la même. La traite du matin est réalisée par Zénaïde ou Stéphane quand il sort de son lit suffisamment tôt. Eliane et Laurence retrouvent leurs activités en ville, mais elles viennent lui rendre visite aussi souvent que possible. Antoine fait de quotidiens allers et retours aux Fonts. Henri a repris ces cours, mais il rend visite à son père tous les soirs. Odette n'arrive, généralement, qu'en fin de semaine. Stéphane se jette dans le travail des champs et ne reste pas à la maison. Anton se cache sur le causse au milieu de son troupeau. Michèle a posé quelques jours de congés supplémentaires pour s'occuper de son père et de Claudine. Elle accompagne Lucien chaque semaine au cimetière du village de Saint-Bauzile.

Le village paisible s'accroche au bas de la montagne et domine la vallée du Valdonnez. Des ruelles en pentes, on embrasse un paysage reposant. En contrebas, la Nize rejoint sans bruit son grand frère le Bramont. En face, de l'autre côté de la combe, on aperçoit les toits du village des Fonts. Les ruines du château de Montialoux résistent encore un peu au temps qui passe. Les murailles fatiguées se couvrent d'un épais manteau de lierre. Le rocher de Balduc est planté au milieu de vallée comme un vaisseau échoué. Sa proue, dépourvue de végétation, ressemble à une carcasse éventrée. Elle forme un à-pic aux couleurs blanches et jaunes. La route nationale qui mène à Florac longe la rivière et franchit la vallée à toute vitesse avant de s'enfoncer dans la forêt. Dans le village de Saint-Bauzile, la petite église jouxte la mairie. Le cimetière attenant est étroit. Lucien monte en claudiquant et en s'appuyant sur sa canne les quelques marches qui conduisent à la modeste entrée du côté de l'édifice.

Soutenu par sa fille, il passe le portillon et suit la nef pour aller se recueillir sur la tombe de Louise. Le caveau de famille est là. Le monument est nu et sans ornement. Une belle dalle de granit avec les noms des parents de Lucien et celui fraîchement sculpté de sa femme. Lucien a perdu son sourire malicieux. Ces yeux noirs sont vides et son visage est crispé. Il reste debout devant le bloc de pierre, les deux mains appuyées sur sa canne, pendant de longues minutes. Il a besoin de parler silencieusement à Louise. Son visage grimace de temps en temps et il susurre des mots doux en langue locale. Michèle sait quand il est temps de partir. Lucien se redresse faiblement et ajuste sa casquette. Il reprend le bras de sa fille et laisse Louise se reposer. De là elle peut tourner un peu la tête et apercevoir les contreforts du mont Lozère. Son mont Lozère. Elle peut sentir la brise légère et le vent froid qui descendent du sommet vers la vallée. Ils chantent et racontent la terre. Celui du granit et du jonc. Celui de la mélodie d'une alouette. Celui du circaète jean-le-blanc. « De ròcas flòtan sus la palha », « *des rochers flottent sur la lande* ». Des myrtilles d'un bleu profond lui donnent un goût sucré et l'adonis de printemps l'habille d'un jaune incandescent.

Aujourd'hui, toute la famille est présente pour décider du sort de Claudine. Elle ne peut pas rester à la maison. Lucien ne peut pas y arriver seul. Il ne peut plus. Stéphane ne peut pas être là tout le temps. Il y a la ferme à faire tourner. Lucien marmonne et peste, mais il doit se résoudre à trouver quelqu'un pour s'occuper de Claudine. Il accepte la décision avec des sanglots dans la voix et les yeux pleins de larmes. Les aînés se sont déjà renseignés. Ils ont repéré, à Florac, une institution qui est prête à accueillir leur sœur. Lucien ne demande qu'une chose à ses enfants, c'est qu'il puisse aller voir Claudine toutes les fins de semaine. Henri et Odette montrent les plaquettes de présentation de l'établissement à leur père. Lucien feuillette les documents sans enthousiasme. Il parle de coût et d'argent. Odette lui explique tous les détails de la prise en charge. Lucien soupire. Son visage se ferme comme s'il venait de trahir une promesse. Ses mains tremblent. Il lâche les papiers et se recule sur sa chaise. Il défaillit. Il manque de tomber de son siège, mais Henri et Antoine le rattrapent dans sa chute. Les deux hommes soutiennent leur père et l'escortent dans la chambre. Il l'installe sur son lit. Michèle les accompagne. Dans la grande salle, Claudine, assise sur sa chaise, près de la cuisinière de bois, désentrelace énergiquement des brins de laine qu'elle sort d'un sac plastique fatigué. Zénaïde s'affaire autour de l'évier de pierre pour mouler les fromages de chèvre du jour. La décision de Lucien est prise à contrecœur. Il doit laisser partir sa fille.

Les aînés se sont emparés de toutes les formalités administratives. C'est Michèle et Antoine qui emmèneront leur sœur dans le centre spécialisé de Florac. Tous les enfants essaient de préparer Claudine à ce départ. Ils font de leur mieux. Lucien n'en a pas la force. Il se voûte de plus en plus. Quand la situation est insupportable pour lui, il descend dans la grange pour aiguiser sa faux ou il se rend dans l'étable pour s'occuper les mains et l'esprit. Il est toujours suivi par Mirette, la chienne de Louise. Il lui parle gentiment en langue régionale. Les autres chiens et chats de la ferme qui passent à la hauteur Lucien sont souvent pris à parti. Il lève sa canne et il les insulte copieusement. Les animaux détalent sans attendre devant la colère du patriarche. Quand vient l'heure de la traite, tout le village se donne rendez-vous dans l'étable et ça fait du bien à Lucien. Seul, Stéphane semble tout le temps en colère. Il ne s'arrête pas de travailler et met beaucoup de violence dans tous ces gestes. Il ne parle pas beaucoup. Claudine paraît perturbée par tous ces changements. Elle ne se lève plus la nuit et mouille ses draps tous les jours. Elle s'enferme complètement dans son monde. Un monde fait de morceaux de laine à lier et à entortiller.

Elle ne supporte pas qu'on la touche. Sa toilette est devenue un combat pour Zénaïde ou Michèle. Elle se débat et pousse des cris et des gémissements insoutenables. Pour la vêtir, c'est la même chose. Elle refuse de s'habiller et pour lui mettre des souliers c'est encore plus dur. Elle garde ses vieux chaussons. Quand Sébastien, le fils de Zénaïde, est là, Claudine est méchante et le pince jusqu'au sang. L'intervention de deux personnes est nécessaire pour la faire lâcher prise. Le pauvre enfant se tord de douleur en pleurant à chaudes larmes. La seule chose qui l'apaise ce sont les repas. Elle s'installe à table spontanément et demande avec insistance qu'on lui noue autour du cou sa serviette. Les enfants de Lucien sont obligés de la freiner, car elle mange beaucoup. Elle dévore avec frénésie. Elle mange trop vite et en quantité trop importante. Les enfants Chomazels doivent être vigilants. Il faut lui enlever toute nourriture trop proche et qu'elle pourrait attraper. Lucien regarde sa fille sans rien dire. Il ne peut pas. Il ne peut plus. Les forces lui manquent. Louise lui manque. Lui ne s'alimente presque pas. Il répète à ses enfants qu'il n'a pas faim. Avec son allure chétive, il ressemble à une brindille sèche et prête à se briser. Odette et Michèle ont fait venir le médecin pour leur père. Après avoir longuement râlé, il s'est plié à l'examen et accepte de prendre son traitement.

Quand le repas est terminé, Claudine se précipite près de la cuisinière et récupère l'un de ses sacs de laine. Depuis la mort de Louise, de nombreux voisins ou amis ont apporté des poches pour Claudine. Les enfants ne savent plus où les ranger. La télévision allumée ne distrait pas Claudine de sa tâche. Elle n'y prête même pas attention. Les fils sont noués ou dénoués. Ils sont entortillés ou attachés avec une rapidité et une dextérité étonnante. Pour une personne étrangère, Claudine joue avec des morceaux de laine, mais elle ne prend jamais un brin au hasard. Elle le choisit avec précision et délicatesse puis passe à un autre. Elle les glisse entre ses doigts puis les entremêle. Elle semble respecter une certaine logique. Les soirées durent et finissent très tard et au moment où elle doit aller se coucher c'est très compliqué. Bien souvent, c'est Lucien qui arrive à décider Claudine. Il lui montre le chemin. Claudine le suit en emportant la pelote de laine sur laquelle elle travaille. Elle est entourée par deux de ses sœurs. Quand Lucien est là, elle veut bien se laisser faire et se mettre au lit sans trop d'agitation. Si elles dorment à la maison, les filles Chomazels occupent la chambre contiguë à celle de Lucien et Claudine. Celle-ci fait de fréquents cauchemars.

Lucien est rassuré par la présence de ses enfants à côté de lui. Quand il est allongé, sa hanche le fait atrocement souffrir. Il prend tous les soirs un cocktail à base d'un puissant antalgique et d'un somnifère. Les nuits de Claudine sont agitées et sombres. Elle hurle parfois. Ses cris découpent l'obscurité froide et résonnent dans le vieux logis Chomazels. Elle se lève et déambule dans la chambre. Pieds nus et en chemise de nuit, elle marche sur le carrelage glacial. Elle va jusqu'à la fenêtre et regarde l'ombre de la montagne que la pâle lune d'hiver essaie vainement d'éclairer. Parfois, Claudine admire le lampadaire de la rue qui projette son halo de lumière sur les flots du ruisseau. L'eau scintille comme des milliers de paillettes. L'enfant dans ce corps d'adulte se promène aussi dans la maison. Au bout d'un moment, Claudine va s'asseoir sur le lit de ses sœurs. Celles-ci se réveillent bien souvent en sursaut. Claudine, triste et fatiguée, tombe dans les bras de Michèle ou de Zénaïde. Claudine soupire bruyamment. Elle se love à côté de l'une d'elles et s'endort profondément. Un fil de laine court sur le sol jusqu'aux doigts de Claudine. Il traverse toute la maison. Les nuits de Claudine sont peuplées de mystères angoissants et Louise n'est plus là. Elle ne dit rien, mais elle sent qu'un changement approche. Elle veut parler, mais aucun son ne sort de sa bouche. Un gémissement tout au plus. Près de ses sœurs et de son père, elle peut se laisser aller à un sommeil profond.

Michèle trouve une vieille valise, prenant la poussière depuis des années, au-dessus de l'armoire de la chambre de Lucien. Bien que renforcée aux quatre coins par des pièces de métal, elle est usée et sa peinture vert foncé s'écaille. Avec un chiffon humide, elle débarrasse le bagage des saletés. Chez les Chomazels on se déplace peu. Michèle éprouve le fonctionnement des attaches. Elle dépose la malle sur le lit de Claudine. Elle l'ouvre puis contrôle que l'intérieur est propre. Elle y range avec délicatesse les vêtements de sa sœur préalablement préparés par Zénaïde. Michèle lit avec attention la liste détaillée du trousseau envoyée par l'institution et vérifie qu'elle n'a rien oublié. Elle ajoute la blouse violette aux motifs fleuris que sa sœur aime porter. La même blouse que celle de leur mère. Michèle referme la valise.

Dans la salle à manger, les néons fatigués et sales essaient d'éclairer la pièce. Derrière la seule fenêtre de la chambre, c'est un décor d'hiver qui se dessine. Des nuages lourds et gris ont envahi la vallée. Le sommet des montagnes est dissimulé sous une coiffe de brouillard et de mélancolie. L'air et froid et humide et la température très basse. Stéphane est parti tôt pour réparer une clôture dans un champ du côté de Rouffiac. Zénaïde n'a pas encore terminé la traite du matin. Le ronronnement de la machine résonne dans la cour et le village des Fonts. Des cheminées des maisons s'élèvent des fumeroles blanches qui s'uniront sous peu au ciel couleur d'étain. « Ne nevarà lèu », « *il va neiger bientôt* » monologue Lucien.

Lucien est seul autour de la grande table. Il est assis sur sa haute chaise devant un bol vide et la boîte à sucre en métal ouverte. Lucien regarde le fond du récipient. Il a les yeux dans le vague. Il pense à Louise et à Claudine. Sa hanche l'a empêché de dormir une bonne partie de la nuit. L'infirmière doit passer dans la journée pour sa piqûre. Ce matin il a fait une toilette rapide à l'eau froide. Il n'a pas pris le temps de se raser. Il s'est habillé promptement. Il a enfilé une chemise froissée et son vieux pantalon de velours côtelé. Il a mis ses bretelles. Il a de plus en plus de difficulté à enrouler et à serrer sa ceinture de flanelle. Ses mains lui font mal. Elles se crispent et la douleur est insupportable. Au bout d'un moment interminable de souffrance, il parvient à bouger ses doigts. Il peut passer son pull à col roulé jaune et élimé. Celui que Louise avait réparé aux coudes avec un vieux tissu. Il finit par mettre sa veste de sport, dont il remonte la fermeture éclair jusqu'au menton, et sa casquette. Quand il s'est présenté dans la salle à manger, Claudine était déjà habillée et, les mains dans son sac de laine, se consacrait à son activité favorite. La cuisinière de bois ronfle comme une locomotive prête au départ. Quelques flammes s'aventurent sur la table de cuisson. Deux torchons sèchent au-dessus accrochés à un fil de fer tendu entre les deux montants de la cheminée. Michèle se tient près de l'évier et dispose les fromages sur un plateau pour les mettre à affiner.

Quand elle voit son père prostré devant son bol, sans un mot, elle attrape le bol de verre et verse le café chaud. Elle le repose sur la table devant la place de Lucien. Elle sort du réfrigérateur une assiette de fromage et de jambon sec. Elle la glisse à côté du bol de café. Elle libère d'un torchon un morceau de pain qu'elle met sur la table. Lucien s'assoit en silence et retire de sa poche son couteau à manche de nacre. Une lame que lui avait offerte Louise lorsqu'ils sont arrivés aux Fonts. Lucien l'ouvre et attrape le bout de pain. Il le coince sous son bras et découpe une belle tranche. Entre deux gorgées de café, il alterne entre des lambeaux de jambons, des portions de fromages et du pain. Il mange sans enthousiasme en regardant sa fille bien au chaud près du foyer. Elle est concentrée sur son ouvrage, les genoux collés et les pieds vers l'intérieur. Ses cheveux courts sont un peu crêpés. Elle est bien peignée. Son visage rond est lumineux. Cela fait ressortir le léger duvet sombre qu'elle porte au-dessus de la bouche. Elle est habillée d'une robe marron large, simple et à manches longues. Elle est faite dans un tissu épais. Elle revêt un pull ocre et une blouse de nylon à motifs jaunes et clairs. Aux pieds elle a ses chaussons usés. Michèle a tenté de lui mettre ses souliers de cuir, mais elle a dû renoncer. Lucien finit par poser sa cuillère et avale le reste du café de son bol. Il replie son couteau et le glisse dans sa poche.

Il se lève, ajuste sa casquette et attrape sa canne. Il fixe Claudine des yeux. Il croise le regard de Michèle. Elle esquisse un sourire bienveillant et reprend le moulage des fromages. Lucien ouvre la grande porte et se faufile dehors. Un courant d'air frais balaie la pièce. Claudine relève légèrement la tête puis replonge dans son monde de laine. Lucien se tient à la rampe de fer et descend doucement les marches déformées de l'escalier principal. Mirette se précipite vers lui. Elle se frotte à lui et pose ses deux pattes de devant sur sa jambe pour lui lécher la main. Il traverse la cour en direction de l'étable. La porte de la laiterie est ouverte et il peut apercevoir Zénaïde qui verse le contenu du bidon dans le tank à lait. Il fait un signe de tête dans sa direction et il lève sa canne. Il s'approche et entre dans le hangar. Il passe dans l'allée centrale et détache d'une main les ficelles de deux bottes de foin. Il accroche les attaches avec les autres sur un clou planté sur la paroi qui sépare l'étable de la grange. Avec sa canne et d'un geste précis, il distribue le fourrage aux vaches puis il ouvre un grand sac de granules de soja et en remplit un seau.

En boitillant, il traîne le récipient devant les animaux et répartit son contenu dans les mangeoires. Le bruit d'un moteur automobile se fait entendre dans la cour. Lucien lève la tête et reconnaît la voiture de son fils Antoine. Zénaïde et son père finissent la traite. Ils éteignent la machine. Le silence se fait. Ils travaillent tous les deux sans parler. Zénaïde termine sa tâche. Elle va remettre un peu de paille autour des vaches. Les animaux ne sortiront pas aujourd'hui. Elle vérifie que les ouvertures sont bien fermées pour éviter les courants d'air. Lucien dispose quelques ballots de foins dans l'allée centrale. Zénaïde repart vers la maison avec un pot à lait. Lucien s'attarde un moment au milieu de son troupeau. Mirette est toujours à ses côtés. Il s'assoit sur la vieille chaise de Claudine et pose ses deux mains sur le pommeau de sa canne. Les yeux rougis et cernés, il laisse couler une larme le long de sa joue creuse. Son visage est ridé et fatigué. Ses paupières sont mi-closes. Il reste là sans bouger pendant une heure. Une éternité. C'est l'apparition d'Antoine dans l'étable qui le sort de son abattement.

— Papa ? Tu es là ? demande-t-il en entrant dans le bâtiment.
— Soi ací. *Je suis là*, répond Lucien.
— Nous devons bientôt partir ! Il faut se préparer ! Tu viens ?
— Oui ! Oui ! J'arrive ! indique Lucien en se relevant.
— Laisse-moi t'aider ! propose Antoine.
— Pas besoin ! Je me débrouille… tout seul ! s'insurge Lucien.

Antoine n'insiste pas. Il se met à côté de son père. Ils sortent de l'étable. Antoine referme le bâtiment.

> — Sentís la nèu. *Ça sent la neige*, précise Lucien en levant les yeux vers le ciel.
> — Ça se pourrait bien ! À la radio ils disent que l'hiver est là ! reprend Antoine.

Mirette trottine devant les deux hommes qui traversent la cour. Ils montent à la maison et s'engouffrent rapidement dans la grande pièce pour ne pas laisser rentrer l'air froid. Zénaïde et Michèle préparent la soupe du repas. Elles ont réussi à sortir Claudine de ses sacs de laine et à lui faire éplucher une cagette de légumes. Elles se débrouillent très bien avec les poireaux, mais pour les pommes de terre ou les carottes c'est plus compliqué. Elle manie très bien l'épluche-légumes, mais elle veut tellement bien faire qu'elle passe plus de dix minutes par tubercule. Dès sa tâche terminée, elle retourne à sa place et reprend sa besogne comme si rien ne l'avait interrompue.

Durant le déjeuner, et contrairement à la coutume Chomazels, les discussions sont rares et presque ordinaires. Elles sont entrecoupées de silences pesants. Les regards se portent sur une valise posée devant le rideau de séparation d'avec les chambres. Sauf celui de Claudine qui mange de bon cœur la soupe épaisse. Le repas traîne en longueur. C'est le bruit strident de la sonnerie du téléphone qui fait sursauter la famille. Antoine se précipite pour répondre. Henri vient aux nouvelles et s'inquiète pour son père. Il passera ce soir. Antoine raccroche le combiné puis vérifie tous les papiers administratifs. Il fait signe à Michèle qu'il est temps de prendre la route pour conduire Claudine dans son nouveau lieu de vie. Zénaïde s'affaire à débarrasser et à préparer le café. Elle ne peut pas rester sans rien faire. L'émotion est palpable. Lucien est figé sur sa chaise haute. Il se frotte la jambe. Il ne quitte pas des yeux cette valise. Zénaïde décroche le manteau de Claudine de la patère et s'approche de sa sœur.

Elle pose le vêtement sur la table et prend doucement les mains de Claudine. Elle lui parle d'une voix paisible et triste. Claudine se laisse faire. Elle reste étonnamment calme. Elle range précieusement ses échantillons de laine dans son sac puis se lève docilement. Zénaïde lui enfile son pardessus et l'étreint très fort contre elle. Claudine qui d'habitude déteste qu'on la touche appuie sa tête dans le cou de sa sœur. Pour Lucien la scène est insoutenable. Il serre les poings et baisse les yeux. Michèle prend son manteau et la valise de sa sœur. Elle se dirige vers la porte. Antoine met son blouson et remonte son col. Il glisse les papiers dans sa poche intérieure et relève la fermeture. Les enfants Chomazels passent derrière leur père et s'apprêtent à franchir le seuil de la maison. N'y tenant plus, Lucien se redresse et s'appuie sur sa canne. Il se retourne et fonce vers sa fille Claudine. Il se jette dans ses bras. Celle-ci est surprise et ne semble pas comprendre. Mais elle lâche la main de Zénaïde et sa poche de laine. Elle enserre son père dans ses bras et colle son front contre le sien. Le temps s'arrête. Lucien pleure. Trois pelotes de laine s'échappent du sac et roulent dans la grande pièce.

Des flocons minuscules et rares tournoient au-dessus du village des Fonts. Ils sont trop légers pour tomber au sol. Michèle ouvre le coffre de la voiture et dépose la valise de Claudine. Antoine tient sa sœur par le bras et l'entraîne vers le véhicule. Il installe sa sœur à la place de devant. Le regard perdu, elle serre fort son sac de laine contre elle. Antoine est obligé d'effectuer plusieurs essais avant de réussir à boucler la ceinture de sécurité qui contraint Claudine. Oppressée, elle s'agite et tente de désengager la courroie qui l'entrave en poussant des gémissements et en fixant son frère avec des yeux affolés. Claudine ne monte presque jamais dans une voiture. Michèle et Antoine se dépêchent pour ne pas faire durer trop longtemps. En roulant, Claudine se calmera sans doute. Du haut du perron Zénaïde et son père observent le départ. Zénaïde lève timidement le bras et esquisse un geste de la main pour accompagner sa sœur. Lucien a les siennes crispées sur la rambarde de fer. Il ne dit rien. Sa casquette masque ses yeux. Un vent froid balaie la cour de la ferme Chomazels. Il soulève la neige et l'empêche de se poser au sol. Antoine vérifie les portières. Il fait un signe de la tête en direction de son père puis il s'installe au volant. La voiture démarre et un nuage de poussière vient se mêler aux flocons. Le véhicule traverse la cour puis disparaît au coin du mur de l'ancienne étable.

Antoine roule très lentement pour sortir du village. Claudine est sidérée et regarde au travers des vitres. Elle ne lâche pas son sac de laine. Derrière elle, Michèle, pose sa main sur son épaule et lui parle avec douceur. La voiture passe le vieux pont et rejoint la rue principale. Antoine accélère, mais surveille sa passagère de droite. Elle n'a jamais fait un trajet aussi long. Une trentaine de kilomètres les séparent de Florac et après le col de Montmirat la chaussée est beaucoup plus sinueuse. Antoine connaît toutes les routes par cœur. En temps normal, il roule vite ; très vite. Il aime la vitesse et les parcours tortueux de Lozère. Aujourd'hui il conduit lentement. Claudine se détend un peu. Elle colle sa joue sur la vitre et ne quitte pas les paysages qui défilent devant ses yeux. Après Rouffiac et Saint-Bauzile, la route passe au pied du « Truc de Balduc » et se dirige vers Saint-Etienne-du-Valdonnez avant de remonter la vallée du Lançon en direction du col. Dans l'habitacle personne ne parle. Les geignements de Claudine se transforment petit à petit en une plainte sourde en rythme avec les bruits du moteur.

    Le ciel est bas et lourd. Une neige éparse et timide tombe avec légèreté. Claudine semble s'amuser des flocons qui s'écrasent sur le pare-brise. Elle colle ses doigts sur la vitre et essaie de les toucher. Au passage du col de Montmirat, Antoine ralentit la voiture. Devant l'auberge du site, un homme à la carrure imposante regarde la chaussée. Il tient un grand bâton d'une main et porte une lourde gabardine avec une capuche qui lui masque une partie du visage. Un chien est assis à ses côtés. Antoine reconnaît tout de suite Anton le berger. Il s'écarte de la route et vient se garer à quelques mètres de lui. Depuis sa bergerie, Anton a marché deux bonnes heures. L'homme s'approche du véhicule et ouvre la porte du côté de Claudine. Il pose son bâton contre la voiture et jette sa capuche en arrière. Claudine est surprise, mais se redresse quand elle reconnaît Anton. Il sort de sa musette de toile une petite figurine en laine de mouton qu'il met dans les mains de Claudine. Il laisse un moment ses doigts calleux sur celle de Claudine avant de se reculer et de refermer la portière. Il échange quelques mots avec Michèle et Antoine puis rabat sa capuche. Il reprend son bâton et s'éloigne. Son chien trottine à ses côtés. La neige colle sur sa cape. Il repart vers sa bergerie. Déjà il s'efface derrière les flocons.

Antoine se remet au volant. Claudine regarde avec fascination le trésor que le berger vient de déposer dans ses mains. La voiture redémarre à une allure très lente. Antoine prend d'infinies précautions dans la descente du col pour ne pas brusquer sa sœur. Claudine est complètement émerveillée par ce cadeau et plus rien ne compte. Elle ne voit plus la route défiler. Elle ne sent pas les à-coups des virages qui mènent à la vallée du Tarn. Quand le véhicule longe la rivière et entre dans Florac, la neige tombe de plus en plus fort et les flocons grossissent. Antoine traverse le cœur de la ville et prend une petite rue qui s'échappe du centre vers les hauteurs de la cité. Michèle indique à son frère la route à suivre. Elle connaît l'endroit. Antoine gare l'automobile au pied d'un bâtiment récent. Michèle s'extrait de la voiture et ouvre la portière du côté de sa sœur. Elle défait la ceinture et libère Claudine. Celle-ci range précieusement son trésor au milieu de son sac de laine. Elle donne la main à sa sœur pour sortir de l'habitacle. Pendant ce temps, Antoine a récupéré la valise.

Le trio s'avance vers l'accueil. Claudine s'agrippe au bras de Michèle et approche à petits pas. Elle lève la tête et happe quelques cristaux de vent qui fondent immédiatement au contact de sa langue. Michèle tire sa sœur à l'intérieur du hall d'entrée. Antoine est déjà rentré. Ils sont reçus par le responsable qui attendait leur venue. Après quelques formalités administratives, il s'avance vers Claudine pour lui souhaiter la bienvenue. Elle regarde ses chaussures et baisse le visage. Elle tient son sac plastique avec ses deux mains et le porte en avant pour mettre un peu de distance avec l'inconnu. Claudine est toujours soutenue par Michèle. Les muscles de Claudine se raidissent et elle tremble. Antoine un peu en retrait traîne la valise fatiguée de sa sœur. L'homme les précède et les guide vers la chambre de Claudine. En chemin il croise un éducateur qui se joint au groupe jusqu'à la nouvelle demeure de Claudine. La pièce n'est pas très grande, mais une large baie s'ouvre sur la montagne et ses falaises abruptes qui surplombent la ville. Comme le rocher du Rochefort d'où plonge le causse Méjean. Le mobilier est constitué d'un lit, d'une petite armoire, d'un bureau et d'un fauteuil. Des rideaux de toile beige habillent la fenêtre. Un modeste cabinet de toilette avec une douche est attenant à la chambre.

Claudine entre dans la pièce et lâche le bras de sa sœur. Elle se précipite sur le fauteuil et s'y assoit. Elle ne prend pas le temps d'enlever son manteau. Elle installe sur ses genoux son sac à trésor. Elle fouille le contenu jusqu'à ce qu'elle extraie sa poupée de laine. Elle ne fait plus attention aux personnes qui l'entourent. Michèle et Antoine posent de nombreuses questions aux employés sur la vie dans le centre. Michèle ouvre la valise et range les affaires dans l'armoire. Claudine joue avec sa figurine. Quand l'éducateur propose aux enfants Chomazels de faire le tour de l'établissement, il faut que Michèle use de ruse pour convaincre Claudine de se lever et de les accompagner dans tout le bâtiment et dans le parc attenant. Claudine, assise dans son fauteuil, les yeux rivés sur le cadeau d'Anton, ne veut pas aller plus loin. Michèle insiste et sa sœur gémit en balançant sa tête de droite à gauche. Claudine finit par se mettre debout et colle sa sœur. Elle la suit de près à petits pas en serrant très fort sa marionnette de laine. Elle ne prête aucune attention à la rencontre des lieux. Le groupe croise et rencontre d'autres pensionnaires, mais Claudine ne réagit pas.

La visite rassure surtout Michèle et Antoine. Après le tour rapide du centre, Claudine est ramenée à sa chambre. Antoine taquine sa sœur en lui arrachant sa figurine de laine des mains et en mimant le jeu d'un enfant. Claudine gesticule et donne de franches tapes sur l'épaule de son frère. Antoine restitue le jouet de laine à sa sœur et en profite pour lui faire discrètement une étreinte affectueuse. Michèle prend à son tour sa sœur dans ses bras. Claudine perçoit que c'est un instant important et d'une intense émotion. Elle pose sa tête au creux de l'épaule de sa sœur pendant un long moment et puis, d'un coup, elle se redresse et retourne dans le fauteuil. Elle installe la figurine sur la petite table devant la fenêtre et attrape son sac de laine. Elle choisit deux brins qu'elle noue ensemble puis recommence en regardant les grands arbres du parc et la montagne qui se devine derrière la neige qui tombe abondamment. Dans l'encoignure de la porte de la chambre, Michèle et Antoine, le cœur gros, admirent leur sœur. Le responsable les raccompagne jusqu'à l'accueil.

    Sur le perron, Michèle referme son manteau et Antoine ajuste le col de son blouson. Ils remontent dans la voiture et quittent la résidence. Ils descendent dans le centre de la ville et trouvent un bar pour se poser un peu et prendre une boisson chaude. La commune est déserte et devient une ombre mouvante dans la brume froide et la neige qui commence à blanchir les rues. Les deux enfants Chomazels ne s'attardent pas pour éviter de rester bloquer dans le défilé qui sépare les deux vallées. Ils ne parlent pas et la radio est coupée. Seul le bruit régulier des deux balais d'essuie-glace qui chasse la neige du pare-brise vient rompre le silence pesant. Antoine conduit un peu plus vite qu'à l'aller. Au col de Montmirat, la visibilité diminue. La neige tombe de plus en plus fort et le vent fait tournoyer les flocons avant de les plaquer au sol. Un épais manteau blanc va bientôt recouvrir toute la vallée du Bramont. Le village des Fonts s'isole du froid et se roule en boule dans un repli de la montagne. La ferme Chomazels tait sa tristesse et sa douleur. Lucien pleure.

Recherche

La vie au Fonts n'est plus la même depuis la mort de Louise et le départ de Claudine. L'hiver froid s'attarde dans la vallée. Le vieux pont a froid aux pieds. Le Bramont frissonne en écoulant ses eaux glacées. Une brume épaisse coiffe les arbres qui bordent la rivière. Les pâturages gardent encore un peu leur couverture blanche. Les pins et les feuillus qui habillent les flancs de la montagne sont poudrés de neige. Frigorifiés, ils n'osent plus bouger. Des rapaces s'élancent parfois de leurs cimes et, se faisant, décrochent des cristaux de glaces et de neige qui tombent en pluie jusqu'au sol gelé.

Stéphane passe ses journées dehors sur son tracteur. Il parcourt tous les champs et ils trouvent toujours une clôture à réparer ou une haie à éclaircir. Il parle peu avec son père. Eliane et Laurence travaillent à Mende et restent auprès de leur commerce. Elles viennent de temps en temps à la ferme pour embrasser Lucien, mais ne s'attardent pas beaucoup. Zénaïde a repris une partie des tâches de Louise. Elle s'occupe de la traite des vaches et de celle des chèvres. Elle confectionne les fromages et prépare les repas. Elle passe du temps avec son père à l'étable et se préoccupe au mieux du troupeau. Son fils Sébastien donne un coup de main et s'intéresse sérieusement aux travaux de la ferme.

Antoine est souvent sur les routes entre Nîmes, Montpellier et Mende. Il a des « affaires à régler » comme le répète fréquemment Lucien. Antoine vit en ville, mais il passe le plus souvent possible à la ferme. Michèle ne travaille pas très loin dans la vallée. Elle arrive les fins de semaine. Odette ne vient presque jamais. Elle téléphone parfois. Henri, comme son frère Antoine, vient au moins une fois par semaine. C'est le samedi ou le dimanche qu'on retrouve les grandes tablées Chomazels. C'est l'occasion de bavarder et d'évoquer le souvenir de Louise. On parle peu de Claudine, mais sa chaise près de la cuisinière de bois est encore là. Les sacs de laine sont toujours là. Le grenier attenant regorge encore des trésors de Claudine. Anton reste sur le causse avec son chien et vit au milieu des brebis. Il donne des nouvelles au facteur quand il peut arriver à monter jusqu'au hameau perdu. Lucien se voûte de jour en jour sur sa canne. Sa hanche n'est que souffrance malgré les soins quotidiens. Le masque de la douleur a remplacé son sourire mutin.

Quand les routes sont dégagées et que le temps le permet, Henri, conduit son père à Florac pour rendre visite à sa fille. Il répète sans cesse à son fils aîné qu'il pourra bientôt monter sur les pentes du mont Lozère pour voir une partie du troupeau. Il n'aime pas ces visites. Il n'aime pas le bâtiment. Il ne se sent pas bien. Pour l'occasion il a revêtu son vieux costume noir et rayé. Il a tellement maigri qu'il est perdu dans sa veste. Une salle d'activité se transforme en salon pour cette occasion. Quand il arrive, Lucien prend sa fille dans ses bras quelques secondes seulement. Claudine se laisse faire et pose quelquefois sa tête sur l'épaule menue et fragile de son père. Lucien déniche toujours dans sa poche une pelote de laine qu'il met délicatement au creux des mains de sa fille. Les yeux de Claudine s'illuminent et elle pousse un gémissement de contentement. Henri taquine sa sœur. Il la trouve moins apathique même si ses yeux ont l'air tristes et que son regard se perd dans le lointain. Henri prend le temps pour s'entretenir avec l'équipe qui s'occupe de Claudine. Pendant ce temps Claudine et Henri restent seuls dans la pièce. Ils ne parlent pas. Claudine triture et entortille sa laine. Lucien se frotte la hanche, soulève puis remet sa casquette. Il sort son mouchoir de tissu. Il se frictionne les yeux et s'éponge le front. Lucien n'a jamais su quoi dire à sa fille. Quand Louise était là, c'est elle qui savait. Lucien tente de parler. Il relève un peu la tête et regarde Claudine. Aucun son ni aucune parole ne jaillit de sa bouche. Il avale sa salive dans sa gorge sèche. Il prend un grand verre d'eau sur la table et le boit d'un trait. Il respire profondément.

— Claudine, ma fille, ma première fille... soupire-t-il
— ... on a bien cru te perdre avant que de te voir...
— Nous étions si heureux d'avoir un enfant ! Notre premier enfant !
— Je m'en souviens comme si c'était hier !
— La neige tombait dans la cour. De gros flocons collants... je me souviens !

Claudine qui jusque-là jouait avec ses brins de laine s'arrête d'un coup. Elle balance doucement sa tête de droite à gauche et regarde furtivement son père.

— Quand je suis entré dans l'étable et... que j'ai vu ma Louise allongée là ! souffle Lucien.
— ... le pot de lait était renversé à côté d'elle et une flaque s'écoulait. Le lait se mélangeait au sang. Du sang partout ! Maudita dura ! *Maudite vache !*
— Je n'oublierais jamais cette nuit infernale ! J'ai cru vous perdre toutes les deux !
— Ta mère avait la force du rocher ! ... Celle de la montagne !
— ... et puis tu es né ! Mon mainatge ! *Mon enfant !* Ma fille !
— Tu étais toute menue ! Tu as crié une seule fois ! Oui, une seule fois...
— Avec toi j'étais maladroit et timide ! J'avais peur ! Comme quand ma mère me racontait l'histoire de la bête du Gévaudan ! Toi, tu me regardais avec tes grands yeux.
— Je veux que tu saches... Je voudrais te dire... Je t'... Je ne voulais pas ça ! Je suis vieux et je ne peux pas m'occuper de toi comme l'a fait Louise ! Je le regrette tant ! J'ai gardé ta place près de la cuisinière ! Les enfants disent que c'est mieux pour toi ! Oui, c'est mieux pour toi ! Je pense à toi tous les jours ! Claudine... Claudine.

Lucien remet sa casquette en place et frotte sa jambe. Il a les yeux rougis. Dans la pièce le silence revient. Claudine cesse ses mouvements de tête et reprend son activité favorite. Elle tire le fil de laine puis elle le passe entre ses doigts avant de refaire une pelote. Henri réapparaît dans la salle. Il donne un bisou à sa sœur. Surprise, elle se recule un peu sur sa chaise et tapote le bras de son frère. Lucien se lève et s'appuie sur sa canne. Il s'approche de Claudine. Il lui prend longuement la main et se penche vers son oreille.

— Torni lèu. *Je reviens bientôt,* susurre-t-il

Sur le chemin du retour, Henri fait la conversation tout seul. Son père regarde la route et se tait. Sa jambe lui fait un mal de chien. Son fils lui raconte les activités et la vie de Claudine au centre. De temps en temps, Lucien hausse les épaules ou bien jure en langue régionale. Il contemple sa Lozère enneigée par la fenêtre. Un timide et pâle soleil éclaire les montagnes et les forêts. Il inonde la vallée du Valdonnez d'une belle lumière blanche et froide. La montagne de Balduc est devant lui. Le vaisseau des ancêtres de Lucien est planté là. Il semble figé dans le temps. Il surveille la famille Chomazels. Une fois arrivé à la ferme, Lucien se débarrasse de son costume et file à l'étable pour aider Zénaïde. Sa fille se débrouille très bien sans lui, mais il a besoin d'être ici tout près de ses animaux. Il a besoin de sentir l'odeur de vache et de foin. Il a besoin d'entendre le bruit du compresseur de la machine à traire.

Il attrape un seau et le remplit de farine. Il pose sa canne contre le muret de l'enclos des veaux et il s'approche des mangeoires en boitillant. Il distribue le gruau aux vaches en leur disant un petit mot en passant. Quand il a fini son tour, il empoigne une botte de foin. Il sort son couteau et sectionne d'un coup sec les ficelles. Il prend de belles brassées d'herbe sèche pour les donner aux animaux. La petite chienne. Sa petite chienne. Elle est assise sur ses pattes arrière dans l'allée centrale et attend avec impatience les directives de son maître. La nuit est tombée quand la traite prend fin. Zénaïde s'empare du pot de lait d'une main et elle soutient son père de l'autre. Les morceaux de glaces et les plaques de neige qui persistent dans la cour craquent sous les pas de Zénaïde et de Lucien. Mirette accompagne gentiment le père Chomazels. La soupe doit être chaude.

Un beau matin de printemps, la sonnerie stridente du vieux téléphone de la maison Chomazels retentit dans la grande salle. Il est très tôt et personne ne répond. Mais la machine s'entête et recommence à carillonner. Stéphane finit par s'extraire de son lit. Il enfile un ancien tee-shirt troué et le premier pantalon qu'il trouve. À peine réveillé, il chausse sa vieille paire de baskets et se précipite sur l'appareil hurlant.

— Monsieur Chomazels ! Interpelle l'interlocuteur passablement énervé.
— Oui... oui ! C'est moi ! rassure Stéphane.
— Monsieur Lucien Chomazels ? interroge le correspondant.
— Non ! C'est Stéphane Chomazels ! Lucien c'est mon père et il dort encore ! indique Stéphane.
— Bon ! bon ! Il faudrait le réveiller ! C'est au sujet de sa fille ?

— De quoi s'agit-il ? Qui êtes-vous ? De quelle fille parlez-vous ? ... j'ai cinq sœurs ! affirme Stéphane.
— Ha ! Oui ! C'est la gendarmerie ! Adjudant Rouchet ! reprend-il d'une voix martiale.
— Ha ? Oui ! Oui ! Je vais aller le réveiller ! pouvez-vous rappeler dans dix minutes ? demande Stéphane.
— D'accord ! Dix minutes ! Merci !

Stéphane raccroche le combiné et passe derrière le rideau qui mène aux chambres. Quand il entre dans celle de son père, Lucien est en chemise de nuit et il est assis au bord du lit. Il est mal rasé et il a l'air très fatigué. Les quelques cheveux blancs qui lui restent se redressent et forment une touffe ébouriffée.

— Qui es au telefòn ? *C'est qui au téléphone ?*
— Ce sont les gendarmes !
— Que fan los gendarmas ? *Que font les gendarmes ?* Que vòlon ? *Ils veulent quoi ?*
— C'est au sujet d'une fille ?
— Una filha ? *Une fille ?* Quelle fille ?
— Il ne l'a pas dit ! Il veut te parler ! Adjudant Roche... Quelque chose comme ça !
— D'accord ! D'accord ! Arribarai ! *J'arrive !*

Lucien se met debout lentement et attrape sa canne. Il s'avance jusqu'à la chaise où sont posées ses affaires. Il prend son pantalon de toile et revient vers le lit. Il s'assoit et tente de passer la première jambe. Son fils se précipite pour l'aider, mais reçoit un coup de bâton en guise de remerciement.

— Laissatz-me ! *Laisse-moi* ! Va plutôt me préparer un grand bol de café ! vocifère Lucien.

Stéphane n'insiste pas et repart vers la belle salle. Lucien parvient, au bout de plusieurs essais, à enfiler son pantalon. Il éprouve de plus en plus de difficulté à s'habiller. Sa hanche et sa jambe abîmées le font atrocement souffrir. Il ne dort plus sans prendre de médicaments. Il se tient debout près du lit. Il glisse les pans de sa chemise dans le vêtement et ferme le bouton. Il passe les bretelles sur ses épaules. Il s'avance vers la chaise pour récupérer son pull. Il s'assoit et l'enfile sans problème. Il enfonce ses pieds dans ses vieux chaussons et sort de la chambre en se reposant sur sa canne. Dans la salle à manger, son café est prêt et l'attend devant son siège au bout de la table. Il appuie une fesse sur sa chaise haute et laisse raide sa jambe malade. Il attrape deux « pierres » de sucre qu'il jette dans son bol. Il retire son couteau et taille un petit bout dans la miche posée à côté de son bol. Il étale dessus un ridicule fragment de fromage de chèvre qui traînait dans une assiette posée sur la table depuis la veille et que les mouches commencent à coloniser. Il prend sa cuillère et la tourne dans son bol encore fumant. Il décrit des cercles indéfiniment jusqu'à ce que la sonnerie du téléphone se remette à se plaindre. Lucien lâche sa cuillère, attrape sa canne et se précipite sur l'appareil hurlant. Il décroche le combiné d'une main et saisit le haut-parleur de l'autre. Il entend de moins en moins, mais il ne veut absolument pas porter de prothèses auditives. Il s'assoit sur la chaise en formica posé près de la niche du téléphone et parle fort.

— Es que ? *C'est qui ?* demande-t-il brutalement.
— Bonjour ! Je suis l'adjudant Rouchet de la gendarmerie ! J'appelle au sujet de votre fille...
— Rouchet ! Ha ! Oui ! Vous n'êtes pas d'Ispagnac ou de Quezac ? Je connais un Jean Rouchet à Molines !
— Oui ! Oui ! C'est un de mes oncles ! Mais revenons-en à votre fille !
— D'acòrdi ! *D'accord !* C'est laquelle qui a fait des conneries ?
— Ce n'est pas ça, monsieur Chomazels ! C'est au sujet de Claudine Chomazels ! C'est bien votre fille ?
— Clau... Claud... Claudine ? balbutie Lucien.
— Oui ! Monsieur Chomazels ! Claudine ! C'est bien votre fille ?
— Oui... oui ! C'est ma fille aînée ! Elle est dans une maison à Florac !
— C'est bien ça ! confirme l'adjudant.
— Qué se passa ? *Que se passe-t-il ?* s'inquiète Lucien.
— Bien ! Le centre vient de nous signaler sa disparition ! Elle n'était plus dans sa chambre ce matin ! Nous ne sommes pas inquiets, car ça fait moins de vingt-quatre heures, mais nous voulions vous prévenir !
— Es pas possible ! *C'est pas possible !* Mèrda ! *Merde !* Il faut la retrouver ! Vous

> comprenez ? La retrouver ! s'emporte Lucien.
> — C'est notre travail et notre mission, monsieur Chomazels ! Nous vous tiendrons au courant ! Le centre nous a donné une photographie et une description ! Je vous rappelle dès que j'ai du nouveau monsieur Chomazels !
> — Entendu... entendu... chuchote Lucien en raccrochant le combiné.

Le visage de Lucien devient tout blanc. Il enfonce son visage dans ses larges mains tachées et ridées.

> — L'aviái dich ! *Je l'avais dit !* C'était une mauvaise idée ! Oui ! Une mauvaise idée ! fulmine-t-il.

Lucien attrape sa canne et se redresse. Il interpelle Stéphane du regard au moment où Zénaïde passe la porte d'entrée. Elle voit tout de suite qu'il se passe quelque chose de grave, car à cette heure-ci elle est souvent toute seule. Elle vient pour la traite du matin.

> — Que se passe-t-il ! demande-t-elle à son père.
> — C'est ta sœur ! Claudine a disparu ! Je savais que c'était une connerie ! Una colhardisa ! *Une connerie !*
> — Papa ! Elle n'est certainement pas loin ! Ils vont la retrouver ! Ne t'inquiète pas ! Je vais prévenir Antoine et Henri ! Ils pourront aller là-bas !
> — Je veux y aller aussi !

— Non, papa ! Ce n'est pas raisonnable et ça ne sert à rien ! Il vaut mieux attendre ici !

— Je ne peux pas attendre ici sans rien faire ! bougonne Lucien

— Dans ton état tu ne pourras pas les aider beaucoup ! Sois raisonnable ! J'appelle tout de suite !

— Zéna a raison ! renchérit Stéphane. Tu dois te ménager. Si tu veux, je t'emmène ! Je dois récupérer du matériel et des sacs de soja à la coopérative !

— Non ! non ! Mon fils ! Je vais attendre là près du téléphone !

— Comme tu voudras papa !

— Claudine ! Claudine ! Qué as fach ? *Qu'est-ce que tu as fait ?* se lamente Lucien.

Zénaïde téléphone à ses frères. Ils sont là bientôt et descendent à Florac pour aider aux recherches. Lucien s'est rassis sur sa chaise haute et boit son café froid. Il est complètement abattu. Zénaïde prend un torchon qui sèche au-dessus de la cuisinière et saisit la cafetière qui se réchauffe sur la fonte brûlante. Elle se rapproche de son père et lui sert un nouveau bol de café. Lucien n'y prête pas attention. Il a les yeux perdus. Sa fille chérie a disparu sur les bords du Tarn. Zénaïde attend ses frères avant que de descendre pour s'occuper des vaches et des chèvres. Stéphane passe son blouson élimé et son bonnet. Il sort sur le perron et s'allume une cigarette. Il saute les marches deux par deux et grimpe sur son tracteur. Il est obligé de s'y reprendre à deux fois avant que le moteur de l'engin veuille bien se mettre en route. Il recule jusqu'à la grange et attèle la remorque.

Il relève la fermeture de son blouson jusqu'au cou. Il écrase sa cigarette et monte sur le tracteur. Puis il traverse la cour en trombe. L'attelage de bois et de fer bringuebale de tous côtés dans un bruit fracassant. Zénaïde descend et prépare la traite du matin en compagnie de Mirette. Lucien reste seul à la maison. C'est une belle journée de printemps qui s'annonce, mais l'air est toujours froid et le soleil généreux sur les montagnes a encore bien du mal à inonder la plaine de ses rayons. Les champs et les prairies prennent de jolies couleurs vertes. Les claires eaux de la rivière chantent le temps revenu de la nouvelle saison et baignent les arbres qui la bordent.

C'est Antoine qui arrive le premier dans la cour de la ferme. Il passe par l'étable pour saluer sa sœur puis il monte retrouver son père dans la grande salle. Au moment où il franchit le pas de la porte, Henri entre à son tour. Lui, il grimpe directement à la maison. Ils partagent en silence un café avec leur père jusqu'à ce que Lucien sorte de sa torpeur et relate le coup de téléphone de la gendarmerie. Henri n'attend pas la fin de l'histoire pour rappeler l'adjudant Rouchet. Il lui indique rapidement que lui et son frère prennent la route de Florac pour les aider à retrouver leur sœur. Lucien répète sans cesse que l'idée était mauvaise de se séparer de Claudine. Il le dit en français et en langue locale. Antoine demande à son père de le rejoindre à l'étable pour ne pas être seul et pour s'occuper. Lucien Chomazels accepte sans enthousiasme. Il descend accompagné par ces deux fils. Antoine et Henri veulent soutenir leur père en le saisissant par les bras, mais celui-ci d'un geste de canne indique à ses fils que ce n'est pas nécessaire et qu'il préfère boitiller jusqu'à la grange. Il entre dans la laiterie puis il pénètre dans l'étable. Il remet en place sa casquette et marmonne en parler local avant de traîner une botte de foin au milieu du bâtiment. Antoine et Henri bavardent quelques minutes avec Zénaïde puis ils ressortent dans la cour. Ils s'engouffrent dans la voiture d'Antoine et prennent la route de Florac.

Les bâtiments sont fouillés de fond en comble par les équipes du centre et par les gendarmes de la ville. Ils ne trouvent aucune trace de Claudine. Arrivés rapidement sur place, Henri et Antoine se joignent tout de suite aux recherches. Des familles alertées par des employés de l'établissement viennent aussi à la gendarmerie proposer spontanément leur aide. Un petit groupe se forme. Il est dirigé par l'adjudant Rouchet, surveillé de près par son supérieur. Celui-ci indique aux participants qu'il ne sert à rien d'appeler Claudine, car elle ne répondra pas. Une description et un profil précis de Claudine sont rédigés. Des cercles de recherche sont dessinés sur une carte. Les explorations commencent en partant du centre. Les abords sont fouillés avec minutie sans trouver la moindre trace de la fille Chomazels.

Antoine et Henri sont persuadés qu'elle n'a pas pu aller très loin. Un avis de recherche est distribué dans toute la ville par les gendarmes. Les heures passent sans aucun signe de Claudine. Les rochers de Rochefort surveillent la vallée ; impassibles. Les cercles sont rayés de rouge au fur et à mesure des investigations. Henri et Antoine ne ménagent pas leur peine et interrogent tout le voisinage. Ils fouillent chaque mètre carré. Ils ne prennent pas le temps de s'arrêter. Ils informent fréquemment la ferme Chomazels. Les gendarmes concentrent leurs recherches dans le centre-ville et le long du Tarn. Tous les pêcheurs sont questionnés. Vers la fin de l'après-midi, le soleil passe derrière les gardiens de pierre. Depuis la vallée leurs ombres immenses s'avancent. La salle de la mairie ouverte pour l'occasion ne désemplit pas. Il y a un va-et-vient continu comme une colonne de fourmis qui progresse sans jamais s'arrêter.

Henri ne s'arrête pas. Antoine se pose quelques minutes. Il s'assoit sur le rebord de pierre de la fontaine installée sur la petite esplanade devant la mairie. Il prend une cigarette et aspire de longues bouffées. Inquiet, il se mordille le dessus des doigts. Il perd espoir doucement. Au moment d'éteindre son mégot, il aperçoit deux jeunes enfants qui traversent la placette à toutes jambes en direction de la porte principale de la mairie. Antoine écrase et frotte son pied sur le mégot et fonce vers le bâtiment. Les deux petits haletants retrouvent progressivement leur souffle. Ils reviennent du parc sous la source du Pêcher. Ils croient. Ils sont presque sûrs d'avoir vu une personne près du pont de fer qui enjambe le cours d'eau. Antoine rappelle son frère. Un groupe mené par le gendarme Rouchet et composé d'Antoine, d'Henri, des deux enfants et de quelques habitants volontaires se hâte vers le jardin situé non loin du château. À l'entrée du parc, ils se déploient tous en ligne et avancent en fouillant chaque buisson. Ils se rapprochent les uns des autres petit à petit en convergeant vers le ruisseau et la source. Le bruit de l'eau qui heurte les rochers pour se frayer un passage devient de plus en plus fort. Les colosses de pierres surplombent la scène ; impassibles. Henri et Antoine suivent le gendarme sur le petit sentier qui longe le ruisseau. Les autres chercheurs leur emboîtent le pas. Du parc dégagé et herbeux, ils s'avancent dans une forêt épaisse que les derniers rayons de soleil tentent de pénétrer. Les arbres et les rochers sont couverts de mousse. Le groupe arrive vite au niveau du pont. Un pont de fer jeté sur le torrent. Ses rambardes peintes en vert dessinent de belles volutes. Depuis, les arbres descendent des lianes et des lierres qui viennent plonger dans l'eau fraîche. Des perles de soleil scintillent et glissent sur les fougères naissantes. Antoine et Henri sont au milieu de la passerelle et fixent la cascade qui essaie de se dégager en poussant les rochers et les arbres. Ils forment un bouchon illusoire d'où l'eau s'échappe de tous côtés. Quand l'adjudant Rouchet s'écrie.

— Là ! En bas !

Les regards convergent sur l'emplacement indiqué par le gendarme. Un corps recroquevillé repose sur la berge légèrement en aval du pont. De loin, on aperçoit juste une personne endormie sur un matelas de mousse fraîche. L'endroit sent la terre et les feuilles pourries. Le gendarme se poste sur le sentier et empêche le reste du groupe d'approcher. Antoine et Henri se précipitent de l'autre côté et descendent aussi vites que possible au bord du torrent. Un fil de laine de couleurs vives suit le chemin et mène à Claudine. Elle semble endormie.

Elle est vêtue d'une chemise de nuit et de sa blouse violette à motifs fleuris. Elle a le visage apaisé et serein. Sa tête, posée sur le flanc, s'appuie sur un modeste tas de feuilles. Elle est étendue sur un lit de laine. Ses mains sont jointes contre sa poitrine et serrent une petite poupée. Antoine et Henri s'agenouillent auprès de leur sœur. Ils pleurent. Henri caresse le front et les cheveux de sa sœur. Antoine sanglote et soupire. Il saisit les mains gelées de Claudine pour les embrasser et les réchauffer. Le temps se fige. Le corps de Claudine est froid. Les derniers rayons de soleil finissent par disparaître. Une bergeronnette entonne un chant en duo avec le ruisseau. À côté du corps sans vie de Claudine naissent des dizaines de fleurs de laine aussi jaune que les adonis de printemps qu'aime tant Louise.

Claudine

« J'ai encore fait pipi dans mon lit cette nuit... Il fait tout noir. Je me lève. Le sol est froid sous mes pieds. Je m'approche du lit de maman. Je touche maman. Elle ne bouge pas. Je pose mes doigts sur son visage. Elle ne se réveille pas. Sa peau est froide. Je reste là. J'ai froid moi aussi... Je parle, mais aucun son ne sort de ma bouche. Je veux ma laine. J'ai vu de belles couleurs. Du jaune et puis aussi du bleu et du rouge... Papa dort. Je ne veux pas le réveiller. Je m'assois sur le bord du lit. Je ne sais pas quoi faire... Je suis mouillé. Il faut que je change ma chemise de nuit. Je ne sais pas... Maman dort. J'ai envie de jouer avec le réveil de maman. J'entends son tic-tac... Derrière la vitre, il y a des petites tiges qui bougent et qui se voient dans la nuit... Je n'aime pas le chat ! Il me fait peur... Il pleut. La pluie fait plic-ploc ! plic-ploc ! plic-ploc ! Oh ! Il y a du noir et du blanc aussi ! J'aimerais bien de la laine verte. J'ai faim... Maman me donne des gâteaux. Je préfère les bonbons. Maman gronde quand je les prends. Maman gronde aussi pour les sucres. Maman ! Maman ! Réveille-toi ! J'ai faim ! Ma chemise est toute mouillée ! La cousine, elle me donne toujours de la laine... J'aime bien la cousine. Henri est gentil. Odette est gentille. Michèle est gentille. Antoine est gentil. Zénaïde est gentille. Eliane est gentille. Laurence est gentille. Stéphane est gentil. Mirette est méchante ! Je n'aime pas les chiens... Anton pique. Il a des poils plein le visage... Dans l'étable, il fait chaud. Ça pue la vache. Ça pue le caca de vache ! J'ai froid. Maman ! Maman ! J'ai froid ! J'aime aussi les cheveux de maman. Antoine et Stéphane prennent ma laine. Je crie. Je crie. Très fort. Papa dort... Des fois, il tape fort sur la table avec sa canne. Près du feu, il fait chaud. J'aime bien être près du feu. C'est rigolo les ronds dessus. Maman et papa ne veulent pas que je m'approche trop près... Il pleut dehors. J'ai des bottes. De quelle couleur elles sont ? Je n'en sais rien. Maman ! Tu dors ? Je secoue ses épaules. Maman ! Pipi ! Elle dort. Elle est fatiguée... J'aime bien la laine qui brille. Je prends le sac marron. Celui avec plein de laine... Quand je bouge, c'est froid sur mon ventre et sur mes jambes... La pluie. Elle cogne les carreaux derrière le rideau. J'attends ici. Maman dort encore. Papa dort encore... Je pose mes pieds. Je lève mes pieds. Je pose mes pieds. Je lève mes pieds. C'est froid le sol... Un jour, j'ai vu la neige. J'aime bien la neige. Quand on marche dessus, ça craque comme un biscuit. La nuit, il neige dans la chambre. Il tombe de la laine. Plein de laine. C'est doux la laine. Je l'enroule puis la déroule. Je la passe entre mes doigts. Je fais des nœuds. Papa, il veut jeter ma laine... Maman dort. Mes jambes et mes bras sont grands. Ils sont plus forts que ma tête. Ils sont pleins de poils. C'est drôle un poil. On dirait de la laine qui pousse. Mais ça pique. Ma tête me fait mal. Maman ! J'ai faim et j'ai soif ! Des fois, je danse dans ma tête. Je fais des ronds avec mes jambes et je tends mes bras. Il y a de la laine partout. Je garde la laine. Je suis la reine de la laine. Si papa veut la jeter, je la cache comme un trésor... Eliane et Laurence, elles veulent toujours me coiffer ou m'habiller. Je ne veux pas qu'on me touche. Elles mettent des choses puantes sur ma peau et mes cheveux.... Il pleut. Je vais au jardin avec maman. J'aime bien le jardin.

Maman gronde quand je prends de la laine au jardin. Je trouve de la ficelle... Maman dort beaucoup. J'ai peur la nuit. Je vois le jour derrière le rideau... Maman me prépare toujours mon déjeuner. J'ai faim. Je vois le visage de maman et celui de papa. Je colle mon visage sur celui de maman. Il est doux et froid. Je m'allonge à côté de ma maman. Je ferme les yeux et je regarde tomber la laine... Je fais toujours ça. Je fais ça et, hop ! Maman se réveille... J'ai fait pipi au lit. Maman n'est pas contente. Papa gronde fort. Il lève sa canne... Je choisis toujours une belle pelote avec de belle couleur. Je la donne à maman. Maman sait bien les choses que j'aime... Ça tape dans ma tête. Je chante pour ma maman. Je connais la chanson. Celle qui fait plic-ploc ! plic-ploc ! plic-ploc ! Maman se réveille bientôt... Chut ! Elle dort encore. Je ne fais pas de bruit ! Elle me prépare toujours mon déjeuner. J'aime bien le déjeuner... Je touche les cheveux et le front de ma maman. Il est tout froid. J'ai froid aussi. Je me couche là. Je suis tout près de maman. Je me colle contre elle. Je dors. Maman va se réveiller. »

Table

Les Fonts de Saint-Bauzile 7
Anton 11
Louise et Lucien 19
Le vacancier 53
L'arrivée 59
Stéphane 83
Antoine 91
Capucine 97
Les aînés 105
Éliane, Laurence et Zénaïde 111
Matin 119
Lucien 127
Louise 139
Après 161
Recherche 181
Claudine 197
Table 201